俳句真髄

――鬼の高士の俳句指南

星野高士

学芸みらい社
GAKUGEI MIRAISHA

俳句真髄

――鬼の高士の俳句指南

星野高士

学芸みらい社
GAKUGEI MIRAISHA

はじめに

私が俳句と向き合ったのは十代の終わり頃だった。俳人・星野椿を母に持ち、祖母に星野立子、曽祖父に高浜虚子という家庭に育ったので、幼い頃から俳句は身近にあったものの、それまでは普通の子どもと変わらぬ生活であったが、立子の逝去を機に俳人としての覚悟を決め今日に至っている。

わずか十七音の俳句の世界を豊かにしているのは、季題があるためだ。日本は四季に恵まれていると言われてきたが、近年は温暖化により少しずつ変化が現れている。このことはどのような影響を俳句に与えていくのだろう。より素晴らしい一句を目指しながら、見守っていくつもりである。

本書の誕生には、長いお付き合いをしている某有名出版社の敏腕編集長が、関わっている。彼は、私が句会で好き放題に話していたことを記録し、まとめてくれていたのだ。そしてそれを私の還暦のお祝いに贈ってくれたのである。

それを、あるとき、私の俳句会の会員で、学芸みらい社の社長である青木誠一郎さんに見せたところ、すぐに一冊にしましょうと忽ち出版することが決まったのである。

出版にあたり、入門書となるべき平易さと、上級者にとっても興味を持っていただけるような、あまり誰にでも教えてしまいたくないような、いわば極意といった内容をわかりやすく、また、楽しく読み進めていただけるようにしたつもりである。

読んだだけですぐに格段の進歩があるとは言うまい。ただし、これまでに気づかなかった点をいろいろと発見されるであろう。そしてこの気づきによって俳句がもっと楽しく感じられ、さらにその魅力も増すはずだ。


最初に話があってから約四年経ってしまったが、飽きずにお付き合いいただいた、当時の学芸みらい社社長の青木誠一郎さん、エディターの佐藤孝子さん、そして何より、帯に言葉を寄せていただいた俳人の夏井いつきさん、俳句会で御一緒しているアナウンサーで俳句が大好きな小島一慶さん、装画を贈ってくれた中島新ことCMディレクターの中島信也さん、刊行まで心を配ってくれた五色会の川合季彦さんには心から大いに感謝している次第である。

表があれば裏もあると言った一冊であることは間違いなさそうだ。

星野高士

目次

第三章　作者となる

第四章　上達をめざす

第五章　選と句会

第六章 俳句力

第七章 鬼の高士の添削道場

第一章

俳句を遊ぶ

道端の小さな石にも挨拶する

俳句とは何であろうか。この問いに高濱虚子は「客観写生」「花鳥諷詠」であると答えている。俳句は近世に発展した俳諧連歌の発句を独立させた、五・七・五の十七音という世界で一番短い定型詩である。室町時代の連歌が持っていた遊戯性や庶民性は、江戸時代になって松尾芭蕉によって芸術性が高められ、多くの地発句を詠んだのが俳句の源流となっている。そして、明治時代になって正岡子規が近代化した文芸とするための文学運動を行ったことにより、俳句は自立したのである。

では、その原点は何であろうか。それは挨拶である。挨拶とは、「こんにちは」「さようなら」「おやすみなさい」など、毎日のように人に掛ける言葉や時候の挨拶のことだ。これは俳句の基本中の基本である。ゆえに、慶弔俳句はもちろん、すべての俳句が挨拶でなければならないことも覚えておきたい。連歌の発句は挨拶句なのだから、当然ではあるのだが、それゆえ俳句は存問の詩と呼ばれる。存問とは人の安否を気遣う心である。

さて、人に対しての挨拶はわかりやすいが、では、ものに挨拶をするとはどういうことか。それは、たとえば花が咲いたら「よく咲いてくれたね」、盛りを過ぎたときには「散り際がきれいだね」など、季題に対して語りかけることだ。そしてこういった挨拶心を作品にしていくのが句作である。挨拶する心を持っていれば、季題との距離が保たれ、べったりとならず、冷静に見ることができる。

挨拶しても相手は返してくれない一方通行の心持ちのように見えるが、実は、俳句として成立したときには挨拶を返してくれるのである。返してもらえないのは、それは独りよがりの俳句だからだ。作者が挨拶だと思いこんでいるだけなので、そこには普遍性がない。しかし向こうが「よく詠んでくれたね」となれば、いい俳句である証拠だ。だから、自分の句を見つめてみて、相手の挨拶を感じられるかどうかで、出来不出来がわかるはずだ。

かなかなの終焉切火打つごとし　　西嶋あさ子

人だけでなく、まずは、周りのものに挨拶をすることを心がけてみよう。挨拶を理解し深めていくことで、互いに挨拶ができるようになるはずである。

道端の小さな石にも挨拶してみよう。

1＋1は×である

ひとつの言葉にもうひとつの言葉を加えたら、単にふたつの言葉の羅列だ。しかし俳句では、1＋1が3になり、4になりと、もっと大きなものになることがある。言葉と言葉がぶつかり、いわば化学変化をおこすのだ。

その句の世界をどのように受け止めるのかによって内容も変わってくるので、読み手にどれだけ働きかけられるか、広がりを持たせられるかが問われるのである。だから俳句は常に、相手に伝わるように作らなければならない。またひとつの言葉から受ける印象は百人いれば百通りあると、心して向き合わなければならない。

たとえば目の前の林檎は、林檎そのものであるが、林檎という言葉はそれぞれの想像力や経験値のなかでイメージが結ばれる。赤い林檎、青い林檎、木になっている林檎、少女が齧ろうとしている林檎、一口大に切られて皿にのせられている林檎……。それぞれの言葉からは香りや空気感も発せられているだろう。

また、作者の見る林檎と、読み手に見えてくる林檎が同じかというと、一致しない場合も多い。

一般に、俳句は引き算だといわれる。作者は往々にして、何かを伝えたいために細部を語ってしまいがちだが、それでは足し算となって内容が深まらない。むしろもっとそぎ落として読み手の想像力にまかせると、1＋1がXになるのであるがそこに何かを感じて、足していけるようでないといけない。だから、作者としてはあえて必要なところを引いてしまうべきである。もっともこれは、読者の読解力がないとどうにもならない。

桃活けて壺中の闇を濃くしたり　　能村研三

桃を活けた壺の中は外からは見えない世界である。明るいイメージをもつ桃が、闇を濃くすると感じた俳人は、単なる物がそこにあるというのではない、広がりのある世界を見ているのである。

言葉の持つ可能性は無限大に広げることも可能である。作者の意欲的な姿勢が常に必要なのだ。それによって俳句は飛躍し、いっそうの広がりを見せるだろう。

写生と写実

俳句の基本は写生である。しかし写生とは近づいてじっくり見ることだと勘違いしている人が多い。写生は、角度を変えて飛躍させることである。

虚子のいう客観写生は、真正面から写生するのではなく、たとえば木を見る場合ならば、後ろに回ったり、見上げたり、またあるままの姿だけではなく、枝を折ってみたらどうだろうと、いろいろな角度から見ることを指す。もちろん写生はスケッチから入るのだが、そこからどこか違う世界へ行けたら楽しいし、そうでなければ俳句とはならない。

一本の線を引くにしても、それぞれが自分の線を持っているのだから、かならずしも皆一様に真っすぐになるとは限らない。それが個性というものであり、それぞれが生まれ持っているものを育てていくしかないのである。

常に自分が外からどう見られているかを意識し、同時に自分の殻を脱ぎ捨てながら個性を出さなければならない。日頃から、言葉自体や身辺に起こっていること、感じることなどに敏感になっている必要がある。そういう積み重ねが、俳句を作るときに生きてくる。

これは俳句に使われた言葉だけを指しているのではない。人との会話や本のなかに出てくる言葉、テレビや町なかなど、生活のあらゆる場所に言葉はたくさんある。それらとの出会いのなかで、自らの感覚を養うべきだ。

若鮎の二手になりて上りけり　子規

子規の言う「写生」はヨーロッパの自然主義から来ているので、実際に目の前にあるものを詠むというものだが、それを虚子は「客観写生」へと発展させた。

聞かずとも汗が語つてをりしこと　稲畑汀子

「写生」はいわばスケッチに近いが、「客観写生」は句の内部に、表面には表れていない複雑な主観がにじむのである。この考え方が必ずしもよい句に繋がるとは言いきれないが、スケッチだけでは広がりがなくなるのは事実である。

写生と一物仕立てと取り合わせ

本来、俳句は一物仕立ての写生句であるべきだ。しかし、そこに木があって、蟬が鳴いているだけでは俳句ではない。

俳句の構成は一物仕立てと二句一章、二物取り合わせ、それと二物衝撃に分けられる。そのなかで一番俳句的に忠実なのが一物仕立て。これはひとつのものをじっと見て、それから眼を離さずに心を捨てるという姿勢で臨むのがよい。とはいえ、だれもが見ているものを、理想形で詠ってしまう場合が多い。

遠山に日の当りたる枯野かな　虚子

桐一葉日当りながら落ちにけり　同

これらは一物仕立てのいい句だが、なかなかこうは詠めないものだ。こういうのが基本的だと思っているが、どうしてか陳腐な句ばかりができてしまう。では、それをどうやって防ぐか。そのためには取り合わせで訓練するのである。

私は、一物仕立てをやりたいために、取り合わせをやって少し頭を複雑にしてみる。これはつまり、イメージを膨らませるということで、このように訓練してから一物に戻ると、やらなかったときとは違うものができ上がる。

また逆に、まず一物を作ってだんだん変えていくという方法もある。

撫子や雨は睫毛を濡らしける　細谷喨々

取り合わせは、いわばワイシャツにネクタイを組み合わせるようなこと。その組み合わせは、落ち着いた趣、華やいだ感じ、ときには突飛なおもしろさを狙ってなどいろいろあるだろう。つねに同じ組み合わせではつまらない。俳句の取り合わせも同様である。だから、私はいつも新しいものを作ってやろうとしている。

そのためには、メモをよく取っている。これはそのもの自体ではなく、景色を切り取ってまるごとメモしておくのである。おそらく他の人は通り過ぎてしまう景色なのだろうが、たとえば百日紅を見たらふつうは百日紅とメモをするところを、私はその揺れ方とか、なにか気づいたことを書き留めている。だから個人の発見のようなものが俳句になっている。

とらえどころのない季題の場合は、その本意本情をそのままに詠うのではなく、それを外したところで句作すると成功することが多い。即ち「取り合わせ」「二物衝撃」の句にしてみることだ。

馬場道に脇道もあり実朝忌　高士

実朝は馬場道を進みたかったはずだが、その生涯を考えると脇道なのだ。それゆえ少し本質からずらしてこの句を作った。

伝統俳句では一物仕立てが本来だが、取り合わせの句もかなりある。俳句は短詩型の文学、その短さという特性から、あらゆるものは詠み尽くされたという人もいる。その意味でも、取り合わせ（あるいは二物衝撃）の手法は俳句の世界を広げるひとつの手掛かりでもあるのではないか。

自分の世界へ向かって、何かしらの発展をめざす方法はあるのだろうか。それにはまず、先人の句をよく見ること。虚子の百句、子規の百句くらいは暗記しておくべきだ。また、先行句があったときは潔く捨てること。

一物仕立ては、取り合わせばかりやっている人には、自分を知り、自分の句を知る重要な調整の機会となる。逆に一物仕立てをやっていると、取り合わせの時に新鮮である。結局は、両方にチャレンジしていく姿勢が大切だ。なかにはどちらかだけの人もいるが、それでは飛躍が生まれない。

ひとつの景色だけ、たとえば水に石を投げてぽっちゃんと音がしたとやっている人もいるが、石の大きさや投げ方、方向、シチュエーションを変えるなど工夫していけば五十句くらいできるし、見えるものが違ってくる。

一物仕立て
季題に集中して他の事物と取り合わせずに詠んだ俳句。

二句一章
途中に切れが入る俳句で、切れの前後のそれぞれの事物が響き合っている。

二物取り合わせ
一句のなかに二つの事物を取り合わせること。

二物衝撃
二物取り合わせによる効果。二物衝撃の句には、途中に切れが入らない一句一章の俳句もある。

俳句に見える時間

俳句における時間は、いわゆる時計時間とはまったく異なる。

午後何時だとか、何時間の間だとかいう時間の捉え方ではなく、俳句に詠み込まれた、たとえば長く感じるとか、短いなかにもゆっくりとスローモーションのように感じる時間のことであり、それを感じさせるように詠まなければならない。単純に時間の流れを詠みこんでもつまらない。

「花」といえば、通常は昼間の花を指すため、違う時間で詠いたいならば、朝桜、夕桜などのように時間を添えてやらなければならない。また時間を直接表さなくても、「落日の」「にわかに曇ってきた」などほかの言葉で補うのである。このように、ほかの言葉を借りて、季題の時間をほのめかすことが大切である。

もちろん、すべての句の時間が明確にわからなくてもよいのではあるが、いい句にはそれが感じられる。

また、「一日の」という時間が詠みこまれている句がよくあるが、こうなると読者は時間を限定できないため、配慮が必要だ。

赤とんぼ夕暮れはまだ先のこと　高士
冷蔵庫の音か夜明けの来る音か　同

「赤とんぼ」の句は、まだ夕暮れになっていないものの、夕暮れも詠みこまれていることで、句の時間帯を感じられればよい。

「冷蔵庫」の句は、忙しい作者が徹夜で仕事をしていて、冷蔵庫の中に何か食べ物がないかと探したが何もなく、そうこうしているうちに夜が明けてしまったと評していた人がいた。作者の思いは違うが、このように波紋が広がるのだから、これはこれでよいのだ。

眼を閉ぢて見ゆるものあり冬の夜　大串章
あぢさゐの枯れはじめしがももいろに　辻桃子
雪降るや雪降る前のこと古し　小川軽舟

言葉が言霊になる

言霊というのは、言葉に宿っている力のことだ。言葉が魂を吹きこまれると言霊になる。よく言葉が降りてくるというが、不思議な世界があるのだろう。そういう結果としていい句が生まれれば、言霊がそれを生んだということなのだと思う。ここには、作ろうとしてできたものとの差がある。言霊とは、作者の持っている経験や背負ってきたものが凝縮された年輪のようなものから出てくるわけで、同じ言葉でも重みが違ってくる。

糸瓜咲て痰のつまりし仏かな　子規

痰一斗糸瓜の水も間にあはず　同

をとゝひのへちまの水も取らざりき　同

この三句は、亡くなる直前に作られた。それゆえ、これらの句には子規の死生観が感じられる。ただの言葉ではなく、叫びのようにさえ感じられるが、これが言霊になったということである。

湯豆腐やいのちのはてのうすあかり　　久保田万太郎

万太郎の句は、内縁の妻が亡くなって十日目の句会でできたものだ。人のいのちは湯豆腐の湯気のようにはかなく揺らめくのを、芝居の一場面のように詠んでいる。風霜を経た万太郎らしい。これらの句から、二人ともその日を精一杯詠んでいるのを感じる。その気持ちを持ち続けたからこそ、言葉を言霊にできたのだろう。

句作の際に、どうしても適切な言葉に出会えないことはだれにでもある。けれどもどこかに必ず季題と相性のいい、句に魂を入れる言葉があるはずである。言葉の持つエネルギーを感じ、発見するために努力することは、俳句を志す者の大切な作業のひとつである。

万の翅見えて来るなり虫の闇　　高野ムツオ

俳句と他の文芸との違い

俳句はその短さに特徴を持つ文学である。したがって、いかに省略するか、またいかに事象を切り取るかが大切になる。その意味で小説とは明らかに違う。

帚木に影といふものありにけり　虚子

この句の「ありにけり」は本来不要なのだが、入れたところに芸術性がある。他の物をもってこない、繊細な省略である。

火事を例にしてみよう。「火事がありました」だけでは小説にはならない。そこには理由が必要だし、それがどう展開していくのかを描かなくてはならない。しかし俳句では「火事がありました」だけでよいのである。それゆえ余韻が動員される。

暗黒や関東平野に火事一つ　金子兜太

これは対比がよい句である。俳句は短いだけに、無駄な説明はいらない。「暗黒や」はヘリコプターからの俯瞰図のようである。しかし作者が俯瞰できるはずはなく、実際には目の前の火事を詠んでいるのであるが、広い平野のなかにぽつんと火事がある対比が成功している。また、俳句では他の文芸では成り立ち得ないものも詠む。

ぼうっとした句

映画出て火事のポスター見て立てり　虚子

川を見るバナナの皮は手より落ち　同

ぬうっとした句

美しく残れる雪を踏むまじく　同

何もなき床に置きけり福寿草　同

ふぬけた句

蠅叩手に持ち我に大志なし　同

風船の子の手離れて松の上　同

まぬけた句

手で顔を撫づれば鼻の冷たさよ　同

詩情あってこその俳句

詩情というのは花鳥の世界に遊ぶような心地だ。だから現実から遠ざかるようなポエジーを掘り起こさなければならない。それを見出すことで、俳句に詩情が漂うようになる。それを俳句では、滑稽味、俳味とも捉える。

たんぽゝと小声で言ひてみて一人　立子
コスモスの花ゆれて来て唇に　同

立子の詩情は寂しさに漂うことが多い。生来の孤独感が感じられるが、それを詩的な世界へと昇華している。

始めたばかりの人にとっての俳句は日記や報告になりがちである。しかし、そのまま終わったのでは俳句とは言えない。俳句が俳句であるためにはそこに詩情が介在しなくてはならない。

流れ行く大根の葉の早さかな　虚子

これは単なる報告の句ではない。この句を詠んだ日に、虚子は世田谷九品仏で吟行と句会を催している。句会場の裏あたりに川があり、住人が捨てたのであろう大根の葉が流れてゆく。それを目にした虚子は、何かを、つまりは詩情を感じたのである。流れていたときの「早さ」、水に見える葉の「青さ」。生活のなかにある詩情である。そういう瞬間を見逃さない作者がそこにはいる。

「大根の葉の流れ行く早さ」ではおもしろくない。「流れ行く大根の葉の早さ」ゆえ、句として成り立っている。おそらく虚子も推敲をしたのであろう。まずは、詩情を感じ、句を作ってみる。そしてそれを磨いて句に仕立て上げるのである。

誰しも小さい頃はいろいろなことに疑問を感じたはずだ。泣いている人を見たらなぜ泣いているのかを疑問に感じ、その人に「どうして泣いているの?」と尋ねるだろう。しかし多くの経験を経た大人は、おそらくこういう理由があるのだろうと決めつけて終えてしまう。この「どうして?」という感覚を持ち続けることも詩情に繋がるのではないだろうか。

俳句は生まれたように作る

「句作」というように、俳句は作るものである。しかしながら本来は「生まれた」ようにでき上がらなければならない。

八月の湯の沸く音がしてをりぬ　仁平勝
返り花白々として匂ひなし　本井英
木の椅子にハンカチひらきたるままよ　松尾隆信

季題を含めて、俳句の言葉にはさまざまな側面がある。言葉のどの面を選び、飛躍発展させ、あるいは省略して俳句として結実させるのか。古来、名句といわれる俳句にはその工夫が凝らされている。

柿くへば鐘が鳴るなり法隆寺　子規

子規がこの句を作ったのは東大寺においてである。それをあえて「法隆寺」にしているのはなぜだろう。「法隆寺」には語感に平板なゆったりとした響きがある。「東大寺」では屹立した感じがあり、上五、中七にそぐわない。それゆえ大きいながらも全体がまとまった感じのある「法隆寺」で句は成立した。いかにも鐘が響きそうである。

一見、句は実に平易に作られており、読み手には子規の葛藤は見えない。それは作り手がそれを見せないからだ。この「法隆寺」にたどり着くまでの方法はわからないが、名句の陰には作り手の、人知れない辛苦がある。

芭蕉は旅を終えて『おくのほそ道』を上梓するまでに約五年の歳月を要している。その間、彼は徹底的に言葉を探り、磨き上げたという。季題の裏側、名句の裏側を探り、力の入れ具合を学び、壁に突き当たり、それを打ち破っていく。その繰り返しで俳句は研ぎ澄まされていくのである。

つまりこれが、生まれたように作れということだ。作った苦労を見せないようにすると、本当に生まれたように感じられる。これがおもしろく、奥深い。名句はこうして生まれるのである。先行句に漱石の「鐘つけば銀杏ちるなり建長寺」があるが、柿は法隆寺に似合う。

意味のないものも詠う

俳句を作ろうとすると、つい眼が行くのは、美しく咲く花や、壮大な風景など、黙っていても相手がこちらに何かを訴えかけてくるようなものになりがちだ。

しかし、たとえば魂を持っていないような、石、ほこり、時季などは、それを詠うことで風情を醸し出せる。意味のあるものはそのままでよいが、意味のないものも詠うと、意外な面が出てくる。これが俳句のおもしろさだ。

おそらく、つまらないものを詠んで文学になるのは、俳句くらいであろう。

そして、これを意味づけしてはいけない。とらえどころのないもののままでいいのである。大上段に構えない俳句、ちっぽけな存在に眼を向ける俳句は、他者の共感を得られる。

ただし、これに気づくのは案外難しい。目の前にあるさまざまな小さな存在との出会いを、詠んで楽しむべきだ。

また、眼に見えない季題、心象の季題とはどう向き合ったらよいのか。「春惜しむ」、「行く秋」などは物質ではないから、見て確かめるわけにはいかない。

石ころも露けきものの一つかな　虚子
七夕を待たずに橋を渡るかな　秋尾敏
一口で飲みたる水や竹の春　高士

私のこの句には本当に意味がない。「竹の春」も「飲みたる水」も意味があるのだが、両方を合わせたことで意味がなくなる。「ひとくち」の潔さと、「竹の春」の輝きがこの句を成り立たせている。あたかも禅問答のようなもので、これがこうしてどうしたといった解説がない。しかし意味のない句を作ろうとするとそれはそれでかえって難しい。

私は、見えない季題を使うときには、見えるものを置く。逆に見える季題の場合は見えないものを持ってくる。そうやって季題に語らせるのである。こういう取り合わせは、名句と言われているものには散見される。

一度、見えない季題が歳時記にどれくらい収録されているかを見てみるとおもしろいだろう。なぜなら、ほとんどが見える季題だからだ。

俳句は否定形の文学

俳句が十七音で構成されていることはだれもが知っている。この短さで言い切らなくてはならないのだから、選び抜かれ、研ぎ澄まされた言葉だけで精一杯なはずだ。しかし、余分なことを入れてしまい、本来入っていなければならない要素を省いている場合がある。目の前にあるものを詠むのだから、そこに「ある」のは当然だ。だがそこにないのなら「ない」ことを入れなければ読み手には何を詠みたかったのかは伝わらない。

バレンタインデー止り木に誰も居ず　高士
春雷に浮かぶでもなく街の底　同

最初の句は、バレンタインデーの町の華やぎと、それとは関係のない自分が、バーに行ってみたら誰も話し相手もいなかったというのだが、いないということで華やかさの逆の心情が表されている。また「誰も居ず」というのは、恋人同士が行くような酒場ではないという情景も浮かんでくる。だからここでは、人が「居た」らつまらなくて、「居ない」からこそバレンタインデーの心持ちがでてくるのである。つまり、誰かを求めて行ったわけではないものの、この作者の寂しさが、「誰も居ず」と否定したことで景がさらに広がっていくということだ。「我一人」と肯定するよりも、「誰も居ず」と否定することで、もっと裏側にあることを想像できる。

次の句は、客観写生に近い。心情ではなく、「浮かぶでもなく」というところに季題の持っている本来の意味合いが情景として浮かんでくる描き方になっている。夏の雷のように強烈な雷ならば街の底まで見えるのだが、春の雷はやわい感じだから、底までは見せない。また「浮かぶでもなく」としていることで季題にぴったり来ている。「〜いず」ときっぱり言い切るよりも「浮かぶでもなく」といううやむやな感じがまた春の雷に合っている。また、ここを「浮かばざりし」とすると決定になるため否定が重くなる。否定には軽いものの重いものがあるが、句の持つ景にふさわしく仕上げたいものだ。

大空に羽子の白妙とどまれり　虚子

この句にある羽子は、実際には引力にしたがって落ちていくはずである。しかし虚子はこの「とどまる」羽子を詠みたかったため、わざわざこう言っているのである。「とどまる」羽子の持つ詩情。それは非現実の持つ世界である。

咲き満ちてこぼるゝ花もなかりけり　虚子

この句も同様に否定形の「なかりけり」を使っているために、わざわざ言わなければならないのである。虚子にはこのように、ない物への視点が備わっている。

咲き満ちているのであるから、今にもこぼれ始めるかもしれないし実際には散っている花もあるだろうが、「なかりけり」でもって、花の盛りを永遠の一瞬にしている。目の前の花の姿が圧倒的な詩情として表現されているのである。

無駄な表現をそぎ落として本当に必要なものだけに磨き上げるのが俳句であるが、否定形のものはきちんと言わなければ伝わらないことを心に留めておきたい。

滴りの金剛力に狂ひなし　宮坂静生

滴りの滴っていぬ時もある　高士

第二章

季題と向き合う

俳句は季題と仲良くする

季題とは実作を伴ったものを指す。一句として昇華されてこその季題である。だから、よい句にならなければただの季語とするのが私の解釈だ。

季語はただの言葉であり、俳句のなかにあてはめただけのもの。言葉は子供のように成長するものなので、いろいろな人が使って、よい句を作って、やっと季題となるのだ。「薄暑」など比較的新しい季題も、いい俳句が生まれてこそ、季題として認められる。これは季題の解釈と似ているが、結局はその言葉が生き残るかどうかだ。だから未熟なままでは季題になれない。また、歳時記に例句がないのは、載せるほどの句ができていないためである。では季題と認める判断はだれがするのか。これは特定の人がいるわけではなく、自然に淘汰されるのである。

青嵐神社があったので拝む　池田澄子

裸子としての輝き甘茶仏　鈴木貞雄

囀りや鳥の名五つなら言へる　大石悦子
囀をこぼさじと抱く大樹かな　立子
雪解富士田子の浦てふ駅過ぎる　堤信彦
かはほりや壊れしままの道路鏡　加古宗也

俳句は、季語を詠うのではなく季題を詠う。まず季題を見つめて何が生まれてくるのか、そして季題と自分との心の通じ合いが生まれて初めて、作品への第一歩を踏み出すのである。だから、内容を先に考えて、後から季題をつけてはいけない。

なぜ内容から考えてはいけないかというと、これは理屈になってしまい、自分の創作が読み手に見えてしまうからだ。だから、真実味がなく失敗する。作者の心が入らなければよい句とならない。しかしそれだけでよい句になるのではない。これは季題の理解度の差による。桜も、見るときによって作者の気持ちが違うように、見たものにどのような普遍性を持たせられるかは決まっているのではない。まずは、自分の作品を自由に積み上げるのでよいと思う。それが多作多捨につながっていく。

世のなかにはさまざまなものが季題となっている。そのおもしろさを感じて句作に励みたい。

季題の本意本情を正確に理解する

時雨と秋時雨、日傘と春日傘や秋日傘は単に季節が違うだけの季題ではない。それぞれの持つ内容の差を的確に理解して詠まなければ、季題が動く句になる。

秋時雨には、まだ冬にならない時期の爽やかさがある。対して時雨は冬だから寒い。雨も空気も冷たいのである。この違いをきちんと理解しなければいけない。ちょっと厄介なのが初時雨で、これは個人的に初めて出合う時雨を指し、世間一般でのその年初めての時雨ではない。初時雨というと、「初」で気持ちが一新される。時雨はひと冬に何回も降るので、「初」が俳句で効いてくる。そもそも時雨は、北西の季節風によって発生した雲が日本海の上でぶつかりあって降る雨だ。だから日本海沿岸や京都のほかに長野、福島、岐阜などだけに降る。

初時雨これより心定まりぬ　虚子

再びの春の時雨の板庇　立子

秋もはや時雨日和や室生道　虚子
妹が宿春の驟雨に立ち出づる　同

まずはこれらの句を読み比べて、じっくりと味わってみてもらいたい。それぞれが持つ本意本情は感じられるだろうか。差がよくわからないときには、歳時記を開いてみたい。虚子は「初時雨」を、「その冬初めて降る時雨である。初時雨といふと何となくなつかしいやうな気持がする」としている。対して「時雨」については、「多く初冬、晴れたり降つたりする雨をいふ。晩秋や春に降りもするが、これは特に『秋時雨』『春時雨』として区別する。陰暦十月は時雨月といはれるやうに一番時雨が多い。時雨は時雨移りといつて夕立のやうに山から山と降り移つて行くことが少くない。京都の北山の時雨など殊に趣が深い」である。実際の時雨を自分でまず味わい、言葉としての時雨と併せて感じてみたい。

老境も佳境に入りぬ春炬燵　高橋睦郎
底冷や叡山の灯の突き刺さり　西村和子
音立てず使ふ箒や火取虫　山西雅子

季題との付き合い方

意外性のある句は読んで楽しい。作者のセンスが光る瞬間だ。しかし単に突飛なものを詠んではいけない。そのためには、本意本情を正確に理解して、なおかつそこからいかに外すかを考えなければいけない。ところが外し方は難しい。これにはノウハウはないからだ。特に俳句を始めたばかりの人には難しいが、できるようになるには、何があってもめげずに続けるしかない。経験だけがものをいう。

唯一そこにあるのは、底辺で繋がっている季題と自分の気持ちだけだ。

秋雨やそろそろ帰るころとなる

春雨やそろそろ帰るころとなる

この二句を比べてみると、「秋雨」はそれだけで寂しさが漂っている。秋雨が降って嬉しい人はあまりいないだろう。だから「帰るころ」と即きすぎだ。しかし「春雨」には明るさがあるので、ちょうどよい風景となる。季題が持つ意味と情をあえて言わないほうが、句としてよくなる。これを一言で表せば本意本情ということだろう。

三度断き秋風を起こしけり　　有馬朗人

季題のなかには大概の喜怒哀楽が含まれている。だから突き放すことで、新鮮味が生まれる。また感覚的に見れば、たとえば風船ならば、ついている紐が手のなかにまだある感じがよい。こういうことは、色々やってみないとわからないのではあるが、まずは季題の世界にどっぷりつかってみよう。楽しんだり悩んだりしながらだんだんわかってくるはずだ。

ラヂオつと消され秋風残りけり　　立子

春深しラヂオの位置を変へてみる　　高士

季題のなかには大概の喜怒哀楽が含まれている。だ曖昧模糊とした存在であるラヂオだからこそ、春のぼやっとした世界と合うのである。ラヂオという言葉がどこから出てきたのかは覚えていないが、「春深し」の本情を知っているからこそできた句である。立子の句では、ラヂオが消されて秋風が残ったという、いわば残像のような世界が詠まれている。この音のない世界が、もの思う秋とぴったりなのである。対してわたしの句は、まだ音が聞こえている。それゆえ憂いの春が合うのだ。

「季題を突き放す」とよく言われるが、これは距離感をもって見るということである。しかし季題には歴史があるのだからその重さにつぶされるほうが多い。季題の重さを消すように詠うことが大切だ。あたかも季題の存在感がないように置くのがよい。

この季題との距離感をどう見極めるかが大切である。季題に接近し過ぎると月並になり失敗する場合が多い。季題と俳句は付かず離れずくらいがちょうどよいのである。即ち俳句における写生とは「一歩近づく」のではなく「一歩離れる」ことである。

一歩離れたところに身（心）を置くと、忘れていたような言葉が出てくる。だから対象物に近づいて、「きれい」だなどと片づけてはいけない。たとえ実際に「きれい」であろうとも、それを遠ざかって見る自分が、どう表現するかを考えなければならない。

春は曙そろそろ帰つてくれないか　櫂未知子

秋祭とぼしき予算ありありと　大牧広

季題を写生するというと、近くへ行って見ているが、そのもの自体は見えても、その向こう側にある物や、まわりの空気などは目に入らない。一歩遠ざかることで、もっと広い俳句ができるようになるのだ。そうすることで、自分の最初の印象を手放せるようになるし、新たな印象を得ることができるはずだ。

また、ただ漫然と見るのではなく、自分との間にいろいろなものが入ってくることを感じよう。花があれば、それを見ている自分との間に空間がある。その空間で何を見つけるかが作者の力である。それは自分の心の投影でもいいし、景色や音、色、またそこを通り過ぎた闇でもよい。単純に目に映る世界ではない謎な部分である。虚子は客観写生でじっと眺めて、そこにあるものを見出して詠んだ。

見ようとしても、そのもの以外は何も見えないという人もいるが、ぜひやってみてほしい。距離をとって、その空間に何があるか、つまり何を感じるかを見つけ出してほしい。

見方についても、自分の方法を見出してほしい。そういった過程で、自分の持っている感性や視線が磨かれていくことだろう。

季節感のない季題をどう扱うか

季題は、歳時記には月や季節に分かれて記載されていても、現実には一年中あるものが増えてきた。また梅干しや缶詰のような保存食もあるから、それらに季節感を持たせるのはなかなか難しい。

季題が含まれているものの「鰊そば」「鰊御殿」は鰊の傍題とはいえない。言葉自体に季節感がないからだ。ただし背景に鰊が見えてくれば季題となる。だから俳句として季節が見えてくるような工夫が必要だ。

鰻を例に考えてみよう。実際には鰻は一年中食べることができるが、鰻は夏の季題である。鰻屋に行ったとして、そこに夏の暑さが伝わらなければ俳句にはならない。単に鰻屋の前を通っただけでは季節がわからない。しかし店が混んでいれば、季節感が出てくる。

鰻重や本当のこと嘘のこと　高士

食べもの以外でも冷蔵庫のように一年中あるものからは季節を感じ取りにくい。もともとは、夏場に食品が傷まないように氷を入れた冷蔵庫だったが、今では電気冷蔵庫だから、夏だけの感じが薄くなっている。だから夏の暑さをしのいでくれる感じが出なければいけない。むりやり「冬の冷蔵庫」などと作ってはいけない。

桃林、梅林なども同様だ。一年中あるけれども、それぞれの季節を感じるように作らなければならない。

そのものの背景には季節があるのである。どうすればその季節感を感じさせられるかが腕の見せどころだ。

また実際に存在する「冬の花火大会」「冬のアイスクリーム」などは、もともとの季題の意味が薄れているため俳句にしてはならない。

それぞれの季節を感じるために、そのもの自体の本来の季節を知り、季題を詠もう。

きのふより山が退りて半夏生　永方裕子

遊びたくなつて水母でゐるたましひ　佐怒賀正美

季題への思いの深さで良し悪しは決まる

「季題」に対する思いの深さで、俳句の良し悪しは決まってくる。句作のときに限らず、選句あるいは俳句鑑賞のときなどにも、季題には周到な洞察をもってあたるべきであろう。俳句はだれにでも、季題さえ入れれば簡単に作れる、といった軽便さがある。しかしそれは同時に、俳句という文芸の持つ奥深さに通じるものでもあるのだが、俳句の持つ怖さでもあるのだ。季題の持つ重みや深みを充分に理解し、十七文字に対峙すべきである。

傍らに隔つものなし古暦　高士

「古暦」は「終焉」のイメージを詠われることが多い。しかし私は、古暦の引き継ぐもの、いわば未来性、とでもいうべきものにも眼を向け、それを詠んだつもりである。

さて、季題の重み、深みはどうしたらわかるようになるのか。それには何よりも作り続けることが大切だ。選句での取捨選択など、自分に向上心があれば、わかるようになるものだ。しかし作らなければ始まらない。

歴史のある季題には、その背後に何百万の句がある。雪月花など重い季題は多くの句があるにもかかわらず、新しい句が作り続けられている。こんなに名句があるにもかかわらず、「もう桜では作らない」などとはだれも言わない。類句があってもかまわずに作るのだ。また「句は授かるということはない」と言われるが、まれにそういうことが起こる場合もある。俳句の神様が降りてくるのだ。とはいえ、ぼうっとしていたら、気づかない。句作の意欲があれば、いつかは授かるはずだ。

界隈のだらだら祭りなる人出　高士

これは、私が芝大神宮で句碑を建てようと依頼された時に授かった句だ。俳句とともに過ごしていると、こういうことが起こるのである。

実朝の海あをあをと初桜　高橋悦男

冬銀河かくもしづかに子の宿る　仙田洋子

見える季題と見えない季題の使いわけ

「五月」という季題は抽象性が高いため、写生による句作がしにくい。したがって作者は感性で詠むことが求められる。「五月」に何を感じるかが作品の成否の分かれ目になる。

五月来ぬ心ひらけし五月来ぬ　立子
地下街の列柱五月来たりけり　奥坂まや

一方、「袋角」は見える季題である。実物を見れば多くのことが発見できるため、得るところが多い。その反面、こちらはともすれば、既成の枠組みに捉われた小さい句になりがちである。俳句には飛躍、冒険が必要である。ただうまいだけの俳句に終わってはならない。枠組みを取り払った、「見えない世界」への挑戦が必要である。見えているものの奥にあるものを探りあて、詠う。その意識をつねに持ち続けていたいものだ。

眠りても瞳の潤む袋角　高士
袋角篠つく雨となつて来し　同

見えるものと、感覚的なものとの間には大きな隔たりがある。心の内面、天候、食べもの、聞こえるものなどはみんな違う。また聞こえた（存在がある）からといっても見えるとは限らない。「目には青葉山郭公初堅」（山口素堂）においても、ほととぎすが実際に見えたのかどうかはわからない。しかしながら視覚と聴覚と味覚がある名句である。

句作において、私は見えない季題には見えるもの、見える季題には見えないものを配することも考えている。そのほうがいい句ができる比率が高い。これは取り合わせではない。たとえば「鶯や」としておいて「屋形船」を持ってくる。聴覚と視覚といった違うものをぶつける作り方である。見える季題、見えない季題がなんであるかはだれにでもわかるところではあるが、それを一句のなかで使って、どうやったらいい句にするかは難しい。

秋の暮汐にぎやかにあぐるなり　久保田万太郎
七草や何とか台といふ団地　岸本尚毅

季題を含めて十七音

俳句は十七音でできているのは誰もが知るところではあるが、そこには季題も含まれている。だから、季題を除いた音数で言いたいことを表現し切れるかを吟味しなければならない。「鵜」や「炉」など一音ならば十六音を使えるが、長い季題を使うときは、残りの音数を意識しておいた方がよい。音数を有効に使うには、まず意味の重なりに気をつけることが必要だ。「公園に桜を見に来た花見客」なら、「公園の花見客」で十分なように、同じ意味の言葉は削るべきなのは明白だ。また「声が聞こえる」は「声」で十分であるし、「雨」と「傘」のように当然の内容は同時に使う必要はない。

獺祭忌明治は遠くなりにけり　志賀芥子

降る雪や明治は遠くなりにけり　中村草田男

この二句は上五の季題が違うだけで、まったく違う世界となっている。季題を除いた音の数だけでなく、一字一句違わないにもかかわらず、それぞれが独立した句として成り立っている。遊びとしてこういうことをやっていたのかもしれないが、そもそも本歌取りは禁止されていたわけではない。ただ先行句よりもよくない場合は単なるパロディになってしまうだけなので、上達のためにチャレンジしてみるのもおもしろい。

これらを踏まえた上で、どう詠うかが勝負だ。俳句は省略の文学なので、どこを省略するかはその人次第だ。

また限られた音数を有効に使うためには、言葉やセンテンスをたくさん持つことが上達に繋がる。

多くの言葉を自分のなかで熟成させ、よい句を作りたいものである。

音数の数え方

「ゃ」「ゅ」「ょ」などは一音には数えない。

例　少女（しょうじょ）　三音

「っ」は一音に数える。

例　はっきり　四音

「ー」（長音）は一音に数える。

例　ソーダ水　五音

音数を調節するための読み替え

牡丹　ぼたん　ぼうたん

蛍　ほたる　ほうたる

難解な季題を楽しむ探究心

「地虫鳴く」「雀蛤となる」など、俳句にはこういったつかみどころのない季題が多くあるが、それも俳句の魅力のひとつだ。それをどう詠むか、どう遊ぶかが勝負のわかれ目となる。他にも「螻蛄鳴く」、「魚氷に上る」、「獺魚を祭る」、「鷹化して鳩となる」、「竜天に上る」、「蛙の目借り時」、「田鼠化して鶉となる」、「雀隠れ」、「雁風呂」、「起こし絵」、「青写真」など、実在しないもの、今は使わないものもある。

十七音はいわば舞台のようなもので、人に見せるものがなければいけない。それには言葉を探すことが大切だ。いい言葉はややもすると逃げてゆく。だから、いかに探すか、言葉の引き出しのなかの何を使いどう組み合わせるかが重要で、また新しいものを見つける探究心も必要である。

「絵踏」のように実際にはもう存在しない季題もあるが、「ないから作らない」ではなく、伝えるという意味で作るのもよい。

絵踏して生きのこりたる女かな　虚子
絶滅のかの狼を連れ歩く　三橋敏雄
螻蛄鳴く夜蚯蚓鳴く夜の命かな　宇多喜代子
亀鳴くや妻にとらるる言葉尻　橋本榮治
青写真声も写りてゐる如く　高士
青写真うつるものうつらざるもの　同

「絵踏」は、虚子の時代にはもうなかったし、「亀鳴く」も想像上の季題だ。しかし、句会では意外に楽しい句が出てくる。しかしなかなかこうはいかないものだ。「亀鳴く」は音なのだが、聞こえないからわからない。こういう季題はやりがいがある。この季題を虚子は「夫木集にある為家の『川越のをちの田中の夕闇に何ぞときけば亀のなくなり』といふ歌が典拠とされている。ばかげたことのやうではあるが、しかし春の季題として古くからなれてゐる「亀鳴く」といふことを空想する時、一種浪漫的な興趣を覚えさせられるものがある」としている。避けることはない。遊ぶべきだ。

わからない季題を詠むときは歳時記を読もう。

風土性の強い季題はその土地感覚を詠う

「祭」「かまくら」「蜃気楼」など、風土と関係の深い季題は多い。その言葉ひとつで、その土地にある空気や風景を表してしまうので注意が必要だ。こういった季題は、その場に行って詠むとよい。寒さやざわめき、またその土地独特の地方性を感じるからだ。

しかし行ったことがなくても、兼題などで提出された場合は、あたかもその地にいることを想像して句作しなければならない。テレビで見たり、インターネットの動画などで様子を知ることはできるが、温度感や、その裏側にあるようなものまで感じることはできない。

たしかにその場に行かなければわからないことは多いのだが、どうしてそういう季題が生まれたかをきちんと勉強することで、理解が深まり、季題にふさわしい句に近づく。生涯に一度も行く機会がなくとも、詠うことは可能だ。つまり風土を詠うというのはそこにいる気持ちになることなのである。また、行ったからといって、必ずいい句ができるわけではないので、実体験がないことでひるむことなく挑戦したい。ただ、気をつけたいのは、説明してはいけないということである。頭のなかで補っている部分を、感覚的に昇華し、俳句に作り上げるようにしたい。また、同じ土地だとしても住んでいる人と旅人という二つの視点がある。そこに留意して俳句を詠むのもまたおもしろい。住んでいるなら旅人になって、また旅人ならば住人の心地で詠んでみよう。

「祭」は、もともとは山城の賀茂祭（葵祭）を指したが、現在では祭一般をいう。それぞれの土地に祭があるのだから、ふさわしく詠むことも大切だ。

神田川祭の中をながれけり　久保田万太郎

鱈船の残してゆきぬ大焚火　榎本好宏

ガンジスに身を沈めたる初日かな　黒田杏子

正月の地べたを使ふ遊びかな　茨木和生

ガンジスの永久の濁りの初景色　片山由美子

師も弟子も輪になり踊る風の盆　高士

名句は数あるが、私たちも風土性を保ちながら詠みたい。

感覚的な季題の捉え方

まぎらわしい季題に、「涼し」と「新涼」、「朝寒」と「朝涼」、「余寒」と「夜寒」などがある。晩秋の寒さを表す季題には「肌寒」「やや寒」「そぞろ寒」「うそ寒」などがあり、それぞれに微妙な違いがある。「涼し」は夏で、「新涼」は秋になって初めて涼しさを感じるということ。また「肌寒」は、文字通り肌に感じる寒さで、皮膚感覚での具体的な寒さだ。他の季題との違いを意識して句作することが大切だが、なかなか微妙である。季題を読みほぐして、理解しなければならない。

「新涼」は多分に感覚的な側面を持つ季題であり、作り手は「写生」か「取り合わせ」かで悩むところである。どうも漠然としてつかみにくい、そんな迷いが見られる句が多いが、めげずに挑戦する心が大切である。若い頃の子規や虚子もそうだった。随分的外れの句も作っている。季題の裏側に潜む本質を見極め、それを俳句に投影するよう心がけたいものである。

涼しさや鐘をはなるゝかねの声　与謝蕪村
新涼や白きてのひらあしのうら　川端茅舎
新涼や仏にともし奉る　虚子
涼しさを力にものを書く日かな　大木あまり
新涼や起きてすぐ書く文一つ　立子

読めばなるほど、という名句であるが、それは「写生」の先に季題の隠れた本質を発見した成果なのである。

「涼新た」という使い方の句を見かけるが、伝統俳句においてはこういう表現はない。「涼新た」は「新涼」あるいは「秋涼し」「秋涼」と同じではない。「新樹光」「晩夏光」などと同列の観念的で散漫な表現であると考える。季題に忠実な表現を心がけたいものだ。

「爽やか」は難しい季題である。陥りやすい間違いは、単に気分が爽やかであるという認識である。たとえば『ホトトギス俳句季題辞典』には「日本の四季の中では、秋がもっとも清澄な感じがし、身も心も爽快な季節である」と記載されているせいでこのような誤用も起きるのではないだろうか。「爽やかな人」に季節感はない。「爽やか」はあくまで季節感を表したものでなければならない。

冬の季題の「冷ややか」も同様で、「冷ややかな返事」からは季節感は生まれない。季題の本意本情に辿り着くことが肝要である。

「悴む」「寒い」などの感覚的な季題は、温度感、皮膚感覚などがきちんと伝わらなくてはいけないが、間違って解釈している人が多い。この種の季題を心理面に使ってはいけない。

季題の持つ本来の意味をきちんと理解するように心がけよう。

見た目だけの俳句らしきものを作るのは簡単だが、それぞれの季題の風情を理解して作っているかどうかはわからないし、そもそも季題を理解していても句作は難しい。虚子の歳時記は季題の説明がよいために名著とされているが、その説明をなかなかきちんと読む人はいない。上達を願うならば、ぜひ丁寧に読んでいただきたい。季題の重み深みを理解して句作に臨みたい。

第三章　作者となる

百人のうち百人に受けようとしてはいけない

句会に出ると、自分の句をだれが選んでくれるかどうかは、気になるところであろう。多くの人が選んでくれるとうれしいのは人情だ。特に選者の特選に入れば、満足感は高くなるだろう。

しかし、本来だれにでも受けること自体あり得ないことと心に留めよう。最初から受けようとするとつまらない俳句になってしまう。いわゆる月並み俳句である。とはいえ、こういう句もできないと次のステップにいけない。こういうのをやってたたかれながら成長していく。

ほかの人が気づかない、見ていないものを自分だけが発見し、それを詠えばよいのだ。全員に選んでもらっても、はたしてその後に残る名句なのかは怪しい。選者しか選んでくれなければ、かえって平凡でない句であることの証明である。

句会でも、だれも採らない句でも選者が選んだのを見て、読み直してみていい句を逃していたという声をよく聞くが、この傾向はありがちだ。見た目がよい句にしか気がいっておらず、俳句として本当によい句を見逃しているのである。

これは結果だから、気づくことでまたその先に続いてくれればよいのだが、とにかく作る際には最初から受けを狙ってはいけない。

俳句は人におもねることなく自由に作ることが大切である。句会などで選に入りたい、という邪心があるとどうしても平凡な句になってしまいがちだ。まして特選などにはなかなかならないもの。もちろん人にはだれにでもそういった欲はある。しかしながら、自分の個性を貫いた結果が入選に繋がったというのが一番よい。入選などしなくてもともと、うまく詠めないのが普通だと、どんと構えて辛抱強く句を作ることだ。

ある意味、百人に受けたなら、それはそれで凄いわけではあるが、それでも受けを狙ったり、選んでもらおうとしてはいけない。

逆に、選句に慣れていない人たちは、鑑賞力が育っていない場合があり、レベルの高い句を理解できないこともある。

すべてを飛躍したいい句にすることはできないが、まずは目指したいものである。


背泳ぎの空のだんだんおそろしく　　石田郷子

着眼点をどう相手に伝えるか

俳句の基本は写生である。まず、ものを見つめる。だが、何を見つめるのだろうか。日々の生活のなかで目の前に現れるものは限りなくある。自分の注意を呼び起こすもの、また、見慣れたものであっても詩心を刺激された瞬間に、ふと視線に捉えられるものもある。そんなふうに何かを見るとき、そこにはその人の着想・着眼があるのだ。この着眼点を大切にして、うまく表現できれば、それを見ていない相手にも伝わるはずだ。

着眼点を、どうやったら相手に伝えられるかを考えるだけで、まず客観性が生まれる。自分だけがわかればよいという姿勢ではこうはならない。句作のときは、自分の着眼点を大切にして、次に読み手がいることを意識したい。そうすることで、「作者はこういうところを見ていたのだね」というおもしろさが生まれる。

だからそのとき作れなくても、とりあえず見たものを書き留めておくべきだ。今でなくとも、飛躍する瞬間もあるのだから、自分の着眼点を大切にしておこう。

もちろんつまらないところばかりに気が行くケースもあるが、これも読み手を意識することで、かなり違ってくる。読み手を意識できないと自分一人の世界にとどまるだけである。自分がいいものを見ても読み手に伝わらなかったらしようがない。そこに俳句の共有性がある。だから読み手を意識して作らなくてはいけない。吟行では人が気づかないことを見つける。それは結果としてそうなればいいのである。しかしその結果、表現方法がよくないと折角の着眼点は読み手に伝わらない。

では発見したものはどこに置くのか。見つけたものなのだから、上五に置くのか。上五にだと重いので、季題を置いておくと内容が後から見えてくる。上手い句ならばどこに置いてもいいのだけれど、先に置かず最後まで引っ張っていくといった吟味が必要だ。「蛇を見た」というのを先に言うよりも、最後に「ああそうなんだ、蛇を見たんだね」としたほうがよいときもある。そこには重量の関係があり、重いものと軽いものの配分が必要だ。見たものは特別なものでなくてもいい。つまりは取り合わせが重要だ。こういう視点を持ち、独りよがりを慎むことで句作は上達するはずだ。

類句、類想を避ける姿勢

自分が俳句を作るとき、だれかがすでに作っているのではないかという危機感をどれだけ持っているだろう。たとえば、季題が「春めく」ならば、気持ちが浮き立つ。その感覚は誰もが持つものなので類句が増えるのである。

ではこれを避けるにはどうしたらよいだろうか。方法としては、一つの季題について二十句くらいの句作を自分に課すのである。原稿用紙に「春めくや」をずらっと書いて、とにかく作ってみる。五句目あたりまではすんなりと作れるだろうが、八句目あたりからだんだん苦しくなってくる。二十句目は本当に大変だろう。こうすると、自分自身のなかにある類想にも気づくだろう。しかしながらそれを打破するのはなかなか難しい。

皆さんはこれまでにどれだけ他の人の俳句を読んできただろうか。名句をどれだけ覚えているだろうか。たくさん読むことは俳句の世界を知るよい方法であるだけでなく、類句、類想を避けることにも繋がる。芭蕉も自作の類句にはかなり神経を使ったという。「白菊の目に立《たて》て見る塵もなし」は園女《そのめ》邸で歌仙が巻かれたときの発句。臨終の三日前、この句が「清瀧や浪に塵なき夏の月」とまぎらわしいと、「清瀧や波に散り込む青松葉」と改めさせた。

しかしながら、逆説的ではあるが、句作にあたって類想を恐れてはいけない。十七音という定形のなかで、類句、類想が生まれるのはある程度止むを得ないことなのである。それは俳句という短詩形の文学が持つ宿命である。まずは恐れずに作り、そして潔く捨てる姿勢でもありたい。

また、人口に膾炙した季題は、どうしても類句、類想の句が多くなってしまう。それを避けるには、単に事実を詠うだけではなく、ある種の創作、あるいは飛躍がほしい。句をあるところで纏めるのではなく、もう少し違う磁場へ持っていくこと、即ち、季題と自分との距離を見つめ直してみることが必要である。あとは「言葉探し」だが、言葉を見つけるにはエネルギーが必要である。

弱っている人には言霊は寄ってこないものだ。常にアンテナを張っている必要がある。しかしやっと見つけた言葉を使いこなしきれない、つまり、言葉に負けることもあるが、これについて虚子は、「季題とは仲良くすべし」と言っている。

腹八分の作句

句作をしていると、自分の思いをすべて伝えたくなってしまうものだ。しかしながら、思いのたけすべてを吐き出してしまわず、少しだけ自分の心の「隙間」を残しておくことで、読み手に想像する余地を与える。それが腹八分の俳句である。

これは八分の力という意味ではない。作るときは満足しないで作り、満足感は読者のためにとっておく。言えなくて言わないのではなく、言いたいのを言わないというテクニックだ。もちろん読み手に力がないと、まったく違った印象を持たれてしまう可能性もある。それでも言い過ぎてしまうと、あたかも人生訓のようになっておもしろくない。

満足感を持つのは読み手の喜びであって、作者が満足する姿勢はいただけない。余白を作ることで余韻が残る。ストーリーを作りすぎず、説明過多は避け、結論づけはしない。もちろん、ロマン、ポエム、ペーソスは必要だが、月並では駄目だ。

三つ食へば葉三片や桜餅　虚子

朝顔にえーツ屑屋でございかな　同
陽炎がかたまりかけてこんなもの　同
若き日の貧しきわれと日向ぼこ　遠藤若狭男
かろき子は月にあづけむ肩車　石寒太
花は葉にたいしたことも考へず　行方克巳

ふつうは「こんなもの」自体を詠んでしまうのに、ここが虚子のすごいところ。「こんなもの」ですましている。

さて季題と内容のどちらを重視すべきだろう。実際、句を削ぎ落としていくと季題だけが残る場合があるが、それでは歳時記だ。季題が軽ければちゃんと言ってあげればいいのだ。そういう構えで句に向かおう。

句会で七句出す場合に、五句が満足で二句が不満足だったりするが、意外とその二句から選んでもらえた経験はないだろうか。これは、その二句の力が抜けているから起こることだ。すべてお腹いっぱいの句だったら、おそらく選者は選ばないだろう。腹八分とは極意のようなものである。

俳句にエネルギーを生む思い切りのよさ

思い切りのよい俳句に出会うとうれしくなる。たんに行儀がよくて賢そうな句よりもずっと魅力的だ。こういう大胆さは、作る本人にも、読んでいる人にも知らないうちにエネルギーを与えている。

朝顔や我が師は久保田万太郎　鈴木真砂女

どうやったらそういう句を作れるようになるのだろうか。それには自分を大胆に切り捨てる必要がある。そうしないと、俳句が独り立ちしていかないからだ。失敗を恐れず冒険し、挑戦したいものだ。だれかに選んでもらいたいと考えるのも、あながち間違いだとばかりは言えない。だれからも興味を持たれないのに、自分では名句だと思いこむよりも、何かのメッセージが伝わっているのは確かだ。とはいえ、選に入ることのためだけに作る俳句には、大胆さは備わっていない。そこには、作者の思いこみだけがあり、新鮮さ、思い切りのよさはないからだ。
自作の俳句にエネルギーを生むようにさせるにはどうするかを考えると、ついつい力が入ってしまう。力が入るということ自体は大事だが、入れ方、抜き方でいえば、抜き方が重要だ。まったく抜いてしまうのではなく、ほどよい抜き加減で俳句が生きたものに変わる。とはいえ、その「ほどよい抜き加減」はなかなかわからないのであるが。しかし往々にして自分では、力が入っているかどうかには気づかない。俳句を始めて十年目くらいの人が一番力みがちだ。しかしこれも、力み方さえわからなかったことからすれば進歩なのだ。また、力を抜けるようになると、俳句の域が広くなる。これは人間的に丸くなるという意味ではない。俳人は常に突っ張っていなくてはならないが、それは力み続けるということとはまるで違う。

萩を見る俳句生活五十年　虚子

境涯を数字でもって自分から切り離すことで、エネルギーが生まれ句として成立している。みなさんも失敗をおそれずに挑戦していただきたい。

詩情をもって報告俳句に終わらせない

俳句の基本は写生ということからか、その日の日記や報告のような句を見かけるが、それは違う。俳句は文学だ。だから、それらを俳句に格上げしなくてはいけない。日記を超えたところに俳句の世界があるのだから、自分の句がいい句かどうかを見極めなければならない。では、それにはどのようにしたらよいのか。実は、何をどうやるというノウハウはない。これは作り続けるなかで、感じるほかはないのであろう。

まずは詩心をもって季題に向き合うことが重要である。

昃《ひかげ》れば春水の心あともどり　立子

詩心のあふれた名句である。立子は「『あともどり』という言葉には私の心の動きが叙されておりますが、併しそれでも余程、客観的に叙したつもりです」と言っている。この句は立子が中村汀女とともに向島百花園に行った際に作られた。池を巡っていて、ふと春水の表情が変わってゆくのに気づいたのである。

このように、自分の心を詠むときであっても、客観視することは大切だ。つい発見したことの喜びから、主観だけの直接的な句になってしまいがちだが、それでは句は育たない。日々の生活の中でだれもが小さな発見をしているはずだ。それゆえ、その発見をした自分と対象物を外側から眺め直してみると、共通の驚きを感じてもらえるかもしれない。発見の喜びを伝えるための一呼吸という感じだろうか。

懐中に手鏡ひとつ春よ来い　鈴木節子
仏壇のなかの金箔十二月　藤本美和子
春禽の飛ぶとき色を捨てにけり　中西夕紀
初雪は生まれなかった子のにおい　対馬康子

自分には詩情性がないと思っている人はどうやったら詩情を身につけられるだろうか。詩情を育てるためには、とにかく名句をたくさん読む。好きな作家を決めてとことん読む。また、その季節の好きな名句いくつかを心に留めておくのもよいだろう。さまざまな方法で自分が持っている詩情を育てたい。

捨て身で詠う姿勢

俳句を作るとき、人の目を気にすることはないだろうか。こんな句はだれも選んでくれないだろうとか、自分の表したいことを感じてもらえるようにどうしようだとか、そんなことを考える人がいる。

しかしながら、そんな思いは無用である。こんな句はだれも選んでくれなくていいという、そういう孤独感をもって、自分を打ち捨てて詠むべきだ。そうすると、案外幅のある俳句となることがある。いわば捨て身で俳句に向き合うということだ。欲を出さず、自分の余分な部分を脱ぎ捨てる、そういう開き直った姿勢でありたい。

句会を前に、締切時間ぎりぎりで出した句が、すっきりしてよい場合がある。無駄を削ぎ落としたシンプルさが引き立ち、読み手に感動を与えるのである。

娘等のうかく遊びソーダ水　立子

今日よりも明日が好きなりソーダ水　椿

立子の句は昭和八年に詠まれている。当時の鎌倉は、夏になると東京の近場の海水浴場として賑わった。喫茶店やミルクホールなどもでき、ソーダ水も新しい飲み物として若い娘らに人気があった。その屈託のなく青春を謳歌している姿を「うかくあそび」としたのである。

しかし作り手は常に疑問を持っているべきだ。十七音で言い尽くすのはたやすくはない。作ってみて、見直し、それが自分が伝えたい句となっているのかどうかを冷静に判断するのである。

秋さびしああこりやこりやとうたへども　髙柳重信
白鳥にもろもろの朱閉ぢ込めし　正木ゆう子
十万年後のきれいな空気黄水仙　山下知津子

開き直りというのは、最初からどうでもいいということではない。句作りの最後のところで開き直る。「こんなの作っちゃったけど」、というところで開き直ると、ひょっとしたら特選になるかもしれない。こういう捨て身の姿勢も、ときには必要である。

諦めない気持ちを持つ

句作を続けていると、なかなかうまくいかず、自分は才能がないのだとか、この句は作り上げることはできないだとか辛い思いをすることは多いだろう。しかしそういうときに諦めてはいけない。

そもそも簡単に作れると思っていること自体が間違っているのである。難しく考えろということではないが、実際にはだれもが苦しみを持っている。しかし苦しむことがあるなかで、おもしろがったり、喜んだりすることを楽しむのである。だいたいすぐにできてしまうことには飽きてしまう。難しいからこそおもしろいのだ。

逆に諦めざるを得ないときも多々ある。そういうときによい句ができることもある。たとえばどうもしっくりとこないけれど、どこをどうしたらいいのかと、いつまでも一句にこだわっているのではなく、とりあえず諦めるべきなのだ。しかし、そのなかで残しておくべきものがあると感じるならば、それを仕上げないまま取っておくのである。

いろいろな季題をあてはめてどうもしっくりこない場合でも、他がよいのならば十二音は残しておく。案外こういうふうに、開き直りというか諦めようとしたときにいい句ができることがある。自分の限度を見極めたと思ったときに作ってみると、結構よかったりもするのだ。

句会で一句も選んでもらえなかったからといって止めてしまう人はいない。本人は句作の難しさを理解しているからだ。また人に伝わらなかったことを反省もする。そんななかで作り続けることは苦しさもあるが、そんなことで諦められないだけの魅力が俳句にはある。

若いときに花開く人や遅咲きの人もいれば、七十歳を過ぎて初めて句作に入る人もいる。それぞれの人に、いい時期というのもあるのだ。細かいことばかりに捉われてどうにもいい句にたどりつかない人が、枯れてきて、余分なことをそぎ落として急にうまくなったりと、ほんとうにさまざまだ。

続けることで新しい発見はある。諦めたときから始めなければ駄目だし、そもそも諦めるなんて簡単に考えてはいけない。そして現状に満足することも避けたい。

桜散るあなたも河馬になりなさい　坪内稔典

あを空の一点昏し夏燕　井上康明

発想の自由さを持つ

風が吹くと木の葉が揺れる、雨が降れば水たまりができる。これはあまりにもありふれた景色だ。実際に見える世界であるが、それが写生だと勘違いしてはいけない。既成概念を捨てて、恐れずに自由な発想を広げよう。これまでにない句が生まれてくるはずだ。

風船を手放す自由ありにけり　櫂未知子
嫌はれてしまへば自由油虫　高田風人子
盆過のなんで片寄る鮃の目　横澤放川
白魚のさかなたること略しけり　中原道夫

この句の発想はとても自由だ。中原道夫は物体として白魚を見ている。本当に魚らしさが少ないことをおもしろがっている。

自分にない発想を持つのは難しい。しかし俳句のおもしろさは発想の広がりによるところが大きい。芭蕉が「俳諧は三尺《せき》の童にさせよ」と言っているように、子供の発想は自由だ。「しゃぼん玉」「お使い」のような自分の身の回りにある言葉を、一般化せずに、自分の視点からおもしろく捉えられる。未知のことに限らず、さまざまなものへの疑問を持ち続ける子供のような感性は大人になると失われがちだが、まずはそこにある新鮮さを感じてほしい。

自由な発想、豊かな発想を持つために決まった方法はない。しかし、たとえば空を見たら、上を向いたり下を見たり、横を向いたりなど、自分の視点を限定せずに、目に映る世界の変化をまず感じてみよう。必ず意外な展開があるはずだ。それが発想の広がりに繋がる。自分の発想自体に疑問を持つ必要はない。ただ、感じ方に多様性を持たせ、受け取ってみれば、少しずつわかってくることがあるはずだ。

机に座って、頭で考えても新しい発想などは出てきはしない。外に出たり、実際の物を見るなど、頭のなかをリフレッシュさせなければ、歳時記に書いてあること以上を感じられない。写生に立ち返り、自分の目で見てほしい。

エネルギーを持った言葉を見つけ、それを飛躍に繋げていくことの繰り返しが、俳句の幅を広げる。そしてこのことから、俳句のおもしろさも広がるはずである。

洒脱を目指す

最近は粋な句が少ないと感じるのは私だけであろうか。虚子や子規だけでなく、昔の句には粋だと感じさせるものが多くあったように思われてならない。独善に陥ることなく、四角四面になることなく、川柳になることなく、洒落っ気のある句作を心がけたいものだ。とはいえ、はたして粋というのは目指そうとして目指せるものなのだろうか。

粋というのは、さらりと軽くあるべきで、句を読んだ人が「あいつは洒落たやつだな」と感じるようなものである。きっちりとした計算ずくではなくて、「まあ一句作ろうか」というようなさりげないもので、あまり力を入れないほうがいい句を生む。つまりは、軽妙洒脱。短冊があるのを見つけて、「まあ俳句会でもやろうか」という感じだ。

昔は楽屋俳句といって、歌舞伎役者などが結構やっていたようだ。出番待ちに博打をやるか、俳句を作るかというくらいの軽い粋な感じだったそうである。

最近の俳句を作る人たちは、つい力が入ってしまうようだが、まじめにばかり考えずに、もっと遊び心を持ってもらいたい。ただし川柳とは違うので、そこのところは意識してほしい。

蟻の道にも道幅といへるもの　後藤比奈夫
父がまづ走つてみたり風車　矢島渚男
花曇かるく一ぜん食べにけり　久保田万太郎
紫陽花のパリーに咲けば巴里の色　椿
今生のいまが倖せ衣被　鈴木真砂女

鈴木真砂女は境涯が俳句となっている。真砂女ならではのさらっと感がある句である。こういう遊び心というのもあるのだ。これはいわば「芸」。さらっと詠んで、読む人をうならせる。作り手がどのくらい苦しんでいるかはわからないが、たとえ苦しんで作った句でもそう感じさせないのが粋。

俳句はしゃれた文芸。席題を即興で作るのはそういった遊び心があるからだ。異分野の人が集まって句会をやっていたりするが、こういうのもなかなかよい。勉強会のような堅さは無用だ。だからむやみに一生懸命になってしまわず、粋に遊んでほしい。

俳味を生むには

俳味とは俳句の味。食べ物ならば見たときではなく口に入れたときに広がるのだが、俳句ならば読んでみて心のなかに広がるものだ。

では俳味を生むにはどうしたらよいだろうか。まずは、いい句にするぞと意気込まず、肩の力を抜いて素直な気持ちで詠んでみる。

そして、できたところで、詠んだ対象を、角度を変えて見直してみよう。最初はたいてい正面から見ているので、それを裏側、斜め横、下から見上げる、上から見下ろすなど、違ったアングルから見てみるのである。そうすることで、それまで気づかなかったことに出合ったり、自分が最初からどうしたいと考えていたかなどを知ることがある。見たつもりが、実は自分の頭のなかで作り上げただけで、実際にはそうでないこともあるだろう。こうした発見をしたところで、句を読み直してみよう。

このとき、声を出して読むことも是非試してもらいたい。こうすることで、見ているだけでは気づかない音の美しさ、もしくは響きの悪さなどを感じるからだ。

そして今度は新たな視点から再度句を作ってみる。対象物が最初に見たときと違って見えているのではないだろうか。あらたに獲得したこの視点を、ぜひ活かしていただきたい。また見る方向性だけでなく、場所によってもこういった工夫は可能だろう。海に行ったら水面を見るだけでなく、背後にある山を見たり、空を見たりというようにである。

こうした視点の置き所が、おもしろい発見に繫がる。もちろん発見自体はよくとも、それがそのままおもしろい句になるとは言い切れないが、発見がないならば、おもしろい句になろうはずはない。

驚きや発見は、新鮮さを持っている。こういう姿勢を続けていくことで、俳句に深みやおかしみが生まれていく。

秋風や屠られに行く牛の尻　夏目漱石
数へ日の数へるまでもなくなりぬ　鷹羽狩行
丹頂の己が息にてけぶりあふ　波戸岡旭
豆撒きや勢い余るときもあり　高士

多作多捨

多作多捨とは文字通り、多くを作って多くを捨てることである。まずは類句類想を恐れずに、多く作ることを心がける。よくないときには潔く捨てていくことで句作は磨かれていくのだから、やみくもにすべてを抱えているのはよくない。しかしながら多捨には危険もある。自分ではあまりよいと思わず、折角のよいものを捨ててしまう場合があるからだ。そういう危険を回避することも含め、ある程度の期間は捨てずに手元に置いておいたほうがよい。それではどれくらいの期間、自句を取っておいたらよいのだろうか。虚子はこれを一年としている。一年経って読み返してみて、よいと感じなければきっぱりと捨てる。これは自選を高めて行く方法でもある。

とはいえ実際はなかなか捨てにくいものだ。もともとは一生懸命作った句なのだから、それなりの思いがこもっているからだ。しかし、自己満足で持ち続けても、決してよい句が作れるようになるわけではない。これは温存とはまるで違う行為である。

温存は、自分ではまだ迷いがあるときに発表せず、そのまま一年くらい握りしめていると、またその季節がめぐってきて、その境地に普遍性があるかどうかを見直す場合を指す。作ったときの思いからも少し離れているので、客観性も生まれる。そういう目で見直すと、自分の思いこみやら癖やらを感じることもあり、それ以降の句作にも役に立つ。

また句会に出してしまうと満足してしまう場合があるが、決してそれで終わってはいけない。もちろん出してみないことには、自己満足のままでいるわけだから、本当によいかどうかはわからないし、句評を聞くことでさらに自作の見直しの貴重な機会となるのだから、出句自体は有効だ。

他者からの句評を聞くと、思いもかけないところから読まれていたのだと感じることもあるだろう。しかし、人目にさらすことがなければ、その句自体が持っている意外性を知ることもない。人に通じさせるためにわかりやすい句を作る必要はないが、句の持つさまざまな面を知る機会である。

この際に知ったことを基に、もう一度作ってみるのもよいだろう。自分だけでは作れない句に発展するかもしれない。

第四章

上達をめざす

「いい句」と言われたら要注意

俳句を作るようになれば、だれもが少しでもいい句を作りたいと思うはずだ。では、どうやったら句作が高められるのか。俳句には料理のようなレシピがないのだから、どこで何を入れたらうまくできるということはないし、案外、塩辛いほうがうまいなど思いがけないこともある。しかしそこがおもしろいところでもあることを心に留めつつ、続けていくしかない。

続けていくうちに必ず新しい発見があるはずだ。ただ、見つけようとしなければ、新たな出会いや発見はない。これはいわば自分が持っているもの、自分自身を壊すということだ。そして自分を作り直す。本人は気がつかなくても、実際、未知の自分はだれにも存在する。役者も楽屋と舞台では違うように、俳句も普段と句会では違う。つまり、向かうべき方向へのスイッチが入るのである。そういう前向きな姿勢が必要だ。

また、好きな句と素晴らしい句は同じではない。たいがいの場合、好きな句は作ってから少し置いておいたほうがいい。でき上がって自分ひとりで喜んでいるのではなく、「だれか感動してくれるかな」というように、距離を保って冷静に見直す時間を持つことを勧めたい。

逆に、自分ではあまり好きでない句でも、句会ではだれかが選んでくれることもある。そんなに一生懸命作ったわけでもないのにと訝るが、これは力が抜けているため、結果的によい句となっていることに本人が気づかずに起こる。

それから勘違いしている人がよくいるが、うまい句といい句は同じではない。うまい句は三十年続けたらだれでも作れるようになる。しかしそれがいい句だというわけではない。また「いい句」と言われたら駄目だと思うべきでもある。それよりもおもしろい句を目指すべきだ。これは、いい人とおもしろい人の差に似ている。つまり持っている魅力に差があるのだ。だからおもしろい句のほうが可能性がある。おもしろい発想を持っていても句にできない人もいるが、それを伸ばしてあげるのが選者の役目でもある。

まとまりがよく、響きも美しく、いかなる欠陥もないだけでは少しもおもしろくない。多少の傷さえも輝いて見える魅力には勝てないはずだ。

大いなる空間を詠う

空間には生活空間のように、身の回りにある空間や、宇宙空間のように広がりを持つもの、また何かの間にある隙間のようなものなどさまざまだ。では俳句における大いなる空間というとどうだろう。これはつかみどころがなく、簡単に言い表しにくいものなのだが、あえて言えば、季題で埋められていない部分、つまり余白にあたるような空間である。この空間を季題とどう対比できるかが大事である。

大空に伸び傾ける冬木かな　虚子

この句では、大空と冬木の間の空間を詠んでいる。季題の冬木は、落葉樹、常緑樹を問わず、冬らしい姿、冬らしい営みをしている木を指している。厳しい寒さの大地に決然と、しかし傾いて立っているのである。この傾きはおそらく、これまでの歳月を生き延びた強さゆえであろう。ここに見える木の姿は大空と比べたらよほど小さいはずだが、その強さは大空をも相手取るほどである。それゆえ、そこに大いなる空間が生まれているのである。季題と正面から向き合い、大いなる空間を詠みたいものである。

除夜の鐘遠きは遠き鐘を呼び　鷹羽狩行

水の地球すこしはなれて春の月　正木ゆう子

天地の間にほろと時雨かな　虚子

倒木は高さ失ひ鰯雲　高士

虚子の句では、天と地の間に空間がある。そして空間のほうが大きい。この空間を感じさせているのが句のなかにある間である。十七音でもこういういい句が詠めるのだから、間というのは大事だ。もし「天地や」だとしたら、聞いている人が天地を思い浮かべるだけの時間が必要になるが、ここは「天地の」としたことで間《あわい》が生まれている。つまりは次の言葉へのステップの間なのである。

しかしながら「の」を多用すると、切れがなくなってしまうこともある。この句では「かな」で切れているのでよいが、安易に「の」で軽い切れとしてはいけない。呼吸を止めずに続けて読めて、それでいてその一息のなかで「間」を作って読めるのが目安となろう。

現実からどこへ飛ばして詠むか

現実とは目の前に起こっているすべてのことである。しかし、俳句はひとつの文芸であるのだから、単純に現実を捉えるだけでは芸術にはいたらない。そこから詩の世界、俳味のある世界へ向かって飛び立たねばならない。自分の自由な遊び心を句に託すのである。現実だけではその時点で完結してしまうからだ。自分を捨てて、クリエイティブに作っていくのだ。

だからこそ、個人的なできごとを普遍的にしていかなければいけない。季題とのバランスがよく、かつ、常に季題が一番でなければならない。ではどうやって飛躍できるのか。飛ばし方の方法の基本は、自分の遊び心にある。あまりまじめに考えても無駄だ。実際に風が吹いたら葉っぱは飛ぶけれど、飛んでしまってはただのできごとだ。飛ばすべきは自分自身なのだが、これはかなり難しい。

人にまだ触れざる風や朝桜　高士

これは芝東照宮で句碑となっている句である。

だれも触れていない風などというものは存在しない。しかし朝桜の美しさが飛躍を誘った。ちょっと読んだだけではわからないが、現実を空想のように美化している。だから現実にはあり得ないにもかかわらず、だれも「触れざる風」を嘘だろうなどと言う人はいないのだ。「もうなにも触れたる風や朝桜」ならば現実だが、それでは詩ではない。美しい朝桜との出会いがあったからこそと思っている。

セーターのちくちくしつこい女だな　北大路翼

半島は入口多し焼栄螺　高士

箸置きは矢尻のかたち文化の日　同

対象物をよく見るのが、俳句の基本であるが、そこで何を見いだすかが飛躍できるかどうかの分かれめだ。最初に見たときの印象に引きづられずに、再度見直すところに戻ってみるのもよいだろう。

演出の重要性

演出というのは、俳句における構成力だ。俳句は、ただやみくもに作っては崩れてしまう。だからある程度、家の設計のような構成を視野に入れておくとよい。もっとも、それがいい方向に向くかどうかわからないが、そういうことを考えながら作るのはおもしろい。出題されている季題のなかで、骨格はこんな感じだとか、また方向性としてやわらかい方向でいくとか、逆に先鋭的にいくとか、見えないものにしようとか、そういうことを自分なりに決める。それが、口には出さなくとも自分の演出であり、自分の構成力である。昔の名句を見ると、「これは作ってるな」といった構成力を感じさせられることが多々ある。だから評者側、読み手側から見る俳句を意識して、作者は先回りして組み立てるべきだ。

演出とは、五・七・五を一軒の建物だとすると、二階をどうするか、奥の部屋をどうするかといったことを考える楽しみである。玄関には玄関の、間口には間口の、書斎には書斎の風情があり、さらに季節によって日が当たるとか、そこにある窓を開けるなど、それぞれのシチュエーションを思い浮かべながら、全体の骨格を作ってみる。現実そのままではなく、俳句という文字表現の世界での見立てである。それゆえバリエーションはたくさんあるわけだ。この構成がうまくいくと立体的な句となる。

赤い羽根いつしか落とし丸の内　高士

これは私が作った演出の句だ。この「落とす」が演出なのである。丸の内という日本の中心にある、多くの企業が集まる地域に、赤い羽根をつけてやって来た男が、ぼんやりとしていたのか、気付くと羽根がどこかへ消えていた。ぱりっとしたスーツに身を包んだサラリーマンのスマートさとは反対に、まぬけな男もいたわけだ。これが歌舞伎町ではうまくない。あくまでも丸の内だからこそよいのである。演出というのは、固有名詞が効いているかどうかもポイントである。

木枯のごつんごつんと赤ん坊　齋藤愼爾

球場に万の空席初燕　今井聖

まぼろしの家の日向に寝正月　長谷川櫂

思わぬ言葉が出てくるか、出てこないか

辞書を作るとき、数の制限をせざるをえないくらい言葉というものは沢山あるし、新しい言葉もどんどん生まれてくる。もちろん、昔はあったのに、今では使わなくなった言葉もたくさんある。

どういう言葉を自分が使っているのか、またさまざまな場面で必要な言葉は何なのかということについて、意外に人は無頓着だ。

概して、何かよいものを作ろうというときに、よい言葉は出てこない。逆に、言葉について特に考えていないようなときにはひょっこりと顔を出す。

なぜこういうことが起こるかといえば、よい言葉で表現しなくてはという緊張感が邪魔をしているからだ。いつもリラックスして、気持ちをフラットにして、自分の求めている言葉と、素直に出会えるような状態にしないといい言葉は出てこない。だから、日常が大事である。

そして俳句を作るときにはそういう緊張感を持たないようにしないと、言葉の範囲が狭

まってしまう。

ある俳人は、ひとつの言葉が出てきたら、それから五十くらいの言葉を連想するそうだ。そうしていると、最初に思いついた言葉からは発想しないような言葉が出てくるという。これはやってみないことには本人にもわからないことである。

私はこれを季題から始めている。ひとつの季題から連想する言葉をどんどん繋げていくと、最初は平凡だった景色がどんどん変化していく。そして季題とぴったり合ったときに、何十倍もの効果を発揮する。また、そんなときに出てきた言葉で気に入ったものがある場合は、その句には使わなくとも手帳に書き留めておく。普段は使わない貴重な言葉との出会いだ。その言葉が去ってしまわないうちに自分の手近に置いておきたい。

俳人は多弁であるべきだ。なぜなら、常に新しい言葉で発信しなければいけないからだ。私の場合は、毎日句会をやっているから言葉がサラサラと出てくるが、途切れていたらこうはいかないだろう。また、句会で言葉が出てこないのは力みすぎが原因だ。よい句を作ろうとすると作れない。しかし作らなければならないのだから、言葉を磨き、気持ちを整えて臨もう。

表現者としての句作の基本に立ち返って考えてみる

俳句はわずか十七音という短さゆえ、簡単にできて、大衆性があるように受け止めている人もいるが、実は伝統や韻律、調べなど、詩として成り立たせるために、踏まえておきたい要素がある。それらを自分がどのように捉えているかをきちんと把握しておかなければならない。

雲湧けば雲の重さよ原爆忌　　鍵和田秞子

何かが頭に浮かんですぐに俳句ができ上がっても、はたして花鳥諷詠になっているのか、詩になっているのかということを、自らの眼で確認しなければならない。これは、むやみに体裁をつくろうような意味ではない。何ものにも流されない、句の確固たる姿を持っているかについて見直すことで、おそらくその句の真価を知ることとなろう。

では今さらながらだが、句作の基本とは何か。定型（五・七・五）、季題、切字、省略、仮名遣い。しかしこれらをただ網羅したからといっていい句ができるわけではない。本書で述べているさまざまな内容からおわかりいただけるように、基本を押さえておいて、さらなる発展に向かうための努力が必要だ。もちろん技巧もあるだろう。

関東大震災の大正十二年、虚子はほとんど句を詠んでいない。現代の我々も、近年の大災害の後で俳句に向かうとき、何をどう詠えばよいのか途方に暮れるものがある。そのすさまじさは花鳥諷詠の世界を大きく超える。だからこそ、虚子の姿勢が理解できる。

こういうときに詠おうとしても、どうしても先の大災害に連想が及び、それに影響されることになる。それはある意味仕方のないことだ。人は悲惨な状況を目のあたりにすれば、虚脱感に襲われる。だから詠めないのも自然である。このようなときも、「自然に和して、平明に詠うことで余韻を醸す」という句作の基本に立ち返って考えてみることが大切である。

俳句は熟成させるのに時間がかかる。おそらく虚子もそうだったのだろう。

句作の基本には、このように作っていいとき、作るべきときなどについて考えてみることも含まれている。これもまた俳句との向き合い方を知るということである。

忘れた言葉を蘇らせる

俳句は言葉のせめぎあいだ。だれもが自分の言葉の引き出しを持っているのだが、俳句を作ると時には、その引き出しを開けてみないとぴったりとくる言葉を見つけ出せない。

しかし、どこにしまったのかわからない場合が多い。すべてを覚えているならばよいのだが、そうはいかないわけだ。そうなると、とりあえずありきたりの言葉で詠んでしまい、季題以外はいつも同じ言葉の繰り返しとなる。

「振り向いた」「仰いだ」「歩いた」などは、俳句によく出てくるけれど、「歩いた」なら急いでいるのかゆっくりなのか、といったバリエーションがあるはずだ。「仰いだ」にしてもどんなふうに仰いだのかでまるで違うはずなのに、単純に字数だけを合わせて、肝心のところに行かないままに詠み終えてしまう。これではせっかく使った言葉が無駄になる。

それぞれの言葉にはそのなかに潜んでいる内容があるのだが、それをどうやって自分で引っ張り出せるか、それがその人の実力となる。

啄木鳥や落葉をいそぐ牧の木々　水原秋櫻子

名句である。「落葉が急ぐ」ではなく、「落葉を急ぐ」としたことで、そこに人間が急いでいることも立ち現れるわけだが、どうしてこういう言葉が出てくるのだろうか。秋櫻子に聞くことはできないが、このようないい句は言葉がずっと生きている。

俳句はいわば言葉遊びだが、季題があるために単なる遊びだけではなくなる。だから生きた言葉をたくさん持っていられるように、常に意識的に言葉を書き留めておくのもよいだろう。

また、言葉の訓練としてひとつの漢字を使って、句作を繰り返すのもよいかもしれない。

句帖を利用するのもよいだろう。句帖には日付を入れ、思いついたことや、気になる表現や状況など、覚えておきたいことを書き留めておく。それらを使った句を作ったら、それも書き、その後に推敲のために二、三行をあけておく。推敲したらその形跡を見えるように残しておく。こうしておくと、自分の考えてきたことの道筋が見える。句帖の表紙には、使い始めと終わりの日付を書いておくと、思い出そうとしたことを見つけやすくなる。

一度は我が物とした言葉。必要なときに使える工夫をしておこう。

効果的な勉強法

上手い俳句を作りたいのはだれもが願うことである。どうやったらいい句になるのか、どんな勉強をしたらよいのかと聞かれることがある。しかしこれをやれば必ずうまくなるという方法はない。とはいえ、いくつか勉強法を挙げてみよう。

❶とにかく作る　作らなければどんな知識や経験も無駄だ。作ることが何よりも大切である。

❷名句を読む　知ってしまったら作れないという人もいるようだが、うまさを知るだけでなく、類想を避けることもできる。名人がまだ詠んでいないものを探すのに役立つだろう。しかし名句の真似をしてはいけない。読んでいくなかで、何かを探り当てるのである。

❸好きな作家を作れ　好きな作家の俳句を徹底的に読んで、筆写して覚える。そうするとまねごとになる時期があるが、やがて自分が目指す世界が見つけられる。また、途

中で好きな作家が変わっていく場合もある。いい俳句に影響を受けながら、そのなかで自分独自のものを見つけなければならない。

❹自らに何かを課する　今日は切れ字だけ、今日は一物仕立て、というように決めて句作してみる。また季題を設定して、たとえば「魞《えり》挿すや……」で何句、「……魞を挿す」で何句というやり方も効果的であろう。いずれにしても、思い切って句を作る姿勢が大切だ。なかには「桜」「月」などの大きな季題を据えて、五十句、百句に挑戦する人もいる。これはなかなか厳しいが、こうして自分を変えていくのを好機と捉えたい。

❺季題に会いに行く　知らない季題と出会ったら、本物を見に行くのもよいだろう。見たからといって必ずしもいい句ができるわけではないが、まずはその好奇心が重要だ。全国の祭や、土地に固有のものなどをその風土のなかで感じてほしい。

❻句会に出る　これはあたりまえだが、実地訓練が一番よい。俳句は句会で育つ。

❼新しい情報にも敏感に　つまりはぼんやりとしていてはいけないということである。

読み手の遊べる部分がなければならない

「言ひおほせて何かある」は芭蕉の有名な言葉だが、『蕉門俳諧語録』に「句は七八分にいひつめてはけやけし。五六分の句は、いつまでも聞きあかず」とあるように、やはり何もかも作者が言い切ってしまうのはよろしくない。俳句のなかで作者が言いおおせなかった部分、つまり余白があると、読み手はそれが何であるのかを感じ取ろうとするため、余白はおもしろ味に変わってくる。いわば腹八分の句であり、ここで読者が遊ぶことができる。それゆえ、作り手が言いたいことをすべて言ってしまうとわかりやすいが、読み手が味わう部分がなくなってしまうのだ。

句会などで選んでもらえるのは、作者と読み手の双方が共有できる部分があるときだ。もちろん意外な理由の場合もあるが、投げたボールを打ってもらって初めて成り立つのである。壁に投げても、ただ返ってくるだけなので、それではボールが生きてこない。ひとりで綱引きをやっているようなものである。

バレンタインデーカクテルは傘さして　黛まどか
アメリカンチェリー山盛りでも淋し　高士

余白が余韻になり、句には表れていない部分を、だれか喜んでくれるかなと楽しんで取っておくことを積み重ねていくと、作者はそういう部分をどうやったらよいのか、また読み手は何が隠れているかを見抜く喜びを持てるようになる。こういった省略がかえって大きな世界につながっているのである。

娘泣きゆく花の人出とすれ違ひ　立子
人参の皮の方だけ吾を見る　高士

立子の句は、楽しそうな雰囲気のなかに、一人だけ泣いている娘がいる。泣いている理由は分からないため、読者はどのようにも想像できる。私の句でも、人参はただ置かれているだけなのだが、それを見る私と、その剥かれた皮が私を見ているように感じる関係性がある。このように読者の自由な解釈の余白があると俳句のおもしろさは増すのである。

調べ・オノマトペ・リフレイン

俳句は読んだときの調べも重要だ。もちろん内容は大切だが、それよりも聞いたときに気持ちがよいという句がある。耳に心地よい句は名句に多い。この調べを作り出すのには、オノマトペやリフレインを用いられる場合も多い。

オノマトペ（擬声語）は、音がしないものを音で表す言葉であるが、これは、擬音語と擬態語の総称のことである。感性で作り上げる言葉なので、センスがものをいう。だから過去に使われているもの、誰もがふだん使っているような表現は避けなければならない。

かりかりと蟷螂蜂の皃を食む　　山口誓子

この「かりかり」は怖い。蜂を食べたなら、きっとそんな音がするだろうと思わされるから怖いのだ。「かりかり」をキュウリやせんべいで使ったら、あまりに平凡で面白くないが、こういう使い方は効果的だ。

ひらひらと月光降りぬ貝割菜　　川端茅舎

この句でもオノマトペを実にうまく使っている。「ひらひら」は通常薄いものにしか使わないが、月光が当たっている景色を上手に表現している。このように、既存のオノマトペを使うときには、使い方を吟味しなければならない。また、自分の感性で新しいオノマトペを作りだしてもよいが、新しい語を生み出すのはなかなか容易ではない。

俳句におけるリフレインとは、一句の中で、同じ言葉などを繰り返すことだ。この繰り返しにより、意味を強調し、リズムを整えられる。

西国の畦曼珠沙華曼珠沙華　　森　澄雄

名詞とリズムだけのこの句は、曼珠沙華のリフレインによって、一面の曼珠沙華が見えるようだ。西国は、この句を作った父祖の地と、西方浄土への思いが重なる。

雪の日は雪の迅さをもて禱り　　小林貴子

鶯の鳴き声は時には横に走る

鶯の声はどこから聞こえるのか。真正面で聞けば、もちろん真正面から聞こえる。一般的には高いところから耳に届くという共通の概念を作り上げてしまっている。しかし実際は竹林で囀るのである。こちらが聞く場所を変えてみたり、鶯の鳴いている違う瞬間に変えてみる。私はこれを自分の聴覚で捉えて、横に走るとも感じるのである。

これは、広い視野とさまざまな視線を持つことを指す。そのように自分の感覚の幅を広げると、俳句自体の世界が広がるのだと思う。私が鶯の鳴き声を「横に走る」と言うのは、声に速度を感じるからである。鶯は枝に止まり続けているわけでもないのに、つい「梅に鶯」的な発想をする人は多い。美しさは多様であり、楽しさも各様だ。

鶯の句をたくさん読んでみると、この鶯はたくさん鳴いているとか、早く鳴いている、間が空いている、谷渡りだなといった具合に感じるだろう。また鳴き声も「ホーホケキョ」ではないかもしれない。実は「チャッチャッ」という地鳴きもあるし、美しく「ホーホケキョ」と鳴けない鶯もいる。そもそも鳴いているのは鶯でないかもしれない。またメジロを鶯と勘違いしている場合も多い。知識だけでなく感覚を磨き、感性を広げる努力も必要だ。

うぐひすや寝起きよき子と話しぬる　立子

鶯の啼きあやまちてより啼かず　鷹羽狩行

蟬が鳴いているのを聞くと、一生懸命に聞こえるけれど、ほんとうは違った意味で鳴いているかもしれない。そういう風に捉え方を広く持つことで俳句の幅が出てくる。理解の範囲が、歳時記の季題説明の二、三行の内容しかないようではいけない。

「蝶」はゆっくり飛ぶとか、「鳥交る《とりさかる》」はうるさいとか決めつけている人をよく見かける。もちろんそれは本意本情に通じるのではあるが、おもしろ味はない。たまには鶯の声が横に行くといったように、意外な捉え方をしたらおもしろいかもしれない。

つづれさせ闇に遠浅ありにけり　上田日差子

拍手のあと木枯を聴き澄ます　堀本裕樹

立子忌の初音はそれとなく淋し　高士

家族を詠う句では、客観を重要視する

家族や身内の人など身近な人を詠もうとすると、つい情が入りがちであるが、俳句に作り上げるためには、その情を捨てなければならない。そのためには、自分の子でも母親でも距離を置くのである。それが客観性ということだ。家族を詠うときには冷ややかに、突き放すことが大事である。次の句はお手伝いさんが亡くなったときの回想句だが、身近な人の死を知り立子は距離感をもって突き放して詠んでいる。

父がつけしわが名立子や月を仰ぐ　　立子

句会で孫や亡くなった人を詠うというのによく出会うが、それはその人の記念だから、決して悪いわけではない。しかしながら、それがいい俳句かどうかというと別の話になる。いわゆる「父母もの」「孫俳句」「吾子俳句」と呼ばれる類の俳句に、いい句がないわけではないが、肉親を客観視するのは難しい。だから、肉親を詠むときは作ってから時間にさ

らす必要がある。

一瞬にしてみな遺品雲の峰　　　櫂未知子

この句には肉親の呼称はなくても通用するのだが、なかなかこうはいかない。

祖母立子声麗らかに子守唄　　　虚子

この句では虚子から見たら娘立子が、孫からすると祖母である立子としているところがすごいのだが、こういう突き放しかたもあるのだ。

母と書けば母の消えゆく花うつぎ　　鳥居真里子
母もまた母恋ふるうた赤とんぼ　　髙田正子

慶弔句

慶弔句ができれば俳人として一人前と言われる。虚子、久保田万太郎、また鷹羽狩行も慶弔句の名手である。しかし、忌日を季題として捉えるのは難しい。そもそもほとんどが会ったこともない人ばかりなのである。だから、ここで重要なのは客観性である。

そして慶弔句には、出尽くした言葉を使ってはいけない。漱石忌は猫を、一茶忌は雀、子規忌ならば野球は避けるべきだ。あたり前すぎておもしろくない。それでは、知らない人の忌日を詠むのにどうするのかということになるが、それが忌日俳句の難しさでもある。会ったことも、思い入れもない人を「〇〇偲び」などと簡単に詠む人が多いが忌日俳句の際には、その人のことにどれだけ思いを致すかが肝要だ。

実朝忌由井の浪音今も高し　　虚子

庭掃除して梅椿実朝忌　　立子

実朝忌虚子の軸ある控室　　椿

実朝忌小町通りに知らぬ店　高士

源実朝は二十七歳にして右大臣に任ぜられ、翌年執り行われたその拝賀の式の直後に殺された。藤原定家に和歌の教えを受けたほどの雅人であると同時に、高位の武士でありながら、政治的な思惑からはかなく生涯を終えた実朝には、独特の無情観が漂う。

そういう意味では、知らない人であっても自分の方へ引き寄せて思いをいたせるのではないだろうか。

忌日を詠むときには、それがどういう人か常に調べるのだが、読み手が知らなければそれきりである。作者、読み手の双方の力が求められるわけである。

子規逝くや十七日の月明に　虚子

父も又早世の人獺祭忌　稲畑廣太郎

手強い季題に気圧されない

句会における兼題には、見たこともない季題が並ぶことがある。逆に雪・月・花や時雨など、すでに名句がたくさんあるよく詠まれる季題の場合もあるが、ともに句作が難しい。こういった手強い季題と向き合うときに、その季題が持つエネルギーに気圧されてはいけない。また日本人だから雪・月・花そして紅葉くらいの句は作っておこうなどと、安易な気持ちで手を出す人が多いが、この姿勢自体が間違いだ。中心的な季題は、ただそれだけで成り立つほどで、他の物がいらなくなる。たとえば「花見」はそれだけでいいのに、あと十四音足すと説明になる。まずはそういうことを知って、季題と向き合うべきだ。

いくたびも雪の深さを尋ねけり　子規
徐ろに眼を移しつゝ初桜　虚子

共に名句。これ以上の句を作ることはなかなかできないが、気概をもって立ち向かいたいものだ。いつかいい句ができると信じて、開き直って駄句を連ねるくらいの気持ちでもよいだろう。桜が咲けばその美しさに惹かれるのは当然だし、詠んでみたくなるのは人の性。当たって砕けるだけで終わらずに、もう一度立ち向かう意気で臨みたい。

他にも小林一茶の「名月を取ってくれろと泣く子かな」や、虚子の「ふるさとの月の港をよぎるのみ」など、月の名句は多い。日本の代表的な季題を詠むときには、目に映るものだけでなく、その背景にある日本という国の四季を意識しよう。どのような季題と向き合うときも、作者としての自分を堅持したい。

いきいきと三月生る雲の奥　飯田龍太

なほ語りつづく一会や明易し　安原葉

何だらうこの三月の切なさは　筑紫磐井

ふらここに坐れば木々の集まれり　井上弘美

ふらここや海へとからだ躍り出づ　角谷昌子

一山の吹きをさまりし落花かな　藺草慶子

季題の置きどころ

句作において、季題の位置は迷うところである。上五で見せるのか、下五がよいのか、つまりは先に言いたいことを言うのか、後にして季題で広がりを見せるのか。

また場所はどうしたらよいのだろう。ここでいう場所とは、詠み手のいる場所や、時間を指す。俳句自体が、一編の推理小説みたいなものだから、最初から犯人がわかったらおもしろくない。この場所はいわば見せ場みたいなものである。だからこそ重要なのである。そして、あくまでも季題が主役であることは忘れてはいけない。

結論から言えば、これはどこがいいということが決まっているわけではない。重要なのは、読者の想像を最後まで引っぱれるかどうかである。

閑さや岩にしみ入蟬の声　芭蕉

名月や北国日和定なき　同

初句には、芭蕉の舞台感覚がある。下五の蟬の声が効いていて、観客が目を離せないしかけだ。次句は上五に持ってきた名月が効いている。下五に置いて「定めなき北国日和後の月」では、味わいが薄れる。実際、芭蕉がこの句を作った敦賀に到着した夜は美しい月が出ていたが、句作をした翌日は雨だった。「定なき」に美しい月を惜しむ気持ちがあるが、それよりも惜しまれた「名月」を先に出したところがいい。

言葉をどうやって繋げていくかは思案のしどころだが、迷ったときは言葉の位置を変えて作ってみるのも一案だ。置き換えて読んでみれば、ずいぶんと印象が変わることを実感するだろう。声に出して読めばさらによい。意味だけでなく、音の響きも含めての句の落ち着きが感じられるはずだ。

このように自分の句を見直してみると、季題の位置を変えたほうが、案外よかったりする場合もある。ただしこの際の判断は難しい。とはいえそれもまた句作の楽しさでもある。

空渡れよと破魔弓を授かりぬ　恩田侑布子

榠樝の実が土打つ一度きりの音　村上鞆彦

情の入っている季題は作りにくい

「惜春」「春惜しむ」などの季題にはすでに情が入っているため、さらに情を入れてもおもしろくない。だから季題を突き放して、できるだけ違うところを切り取って詠まなければならない。それがその人のセンスであり、個性的な視点となる。惜春と陰った空ではおもしろくないが、晴れ晴れした空ならばニュアンスが出てくる。

たとえば、汽笛が鳴り始めたところと、鳴り止むところだと、どちらが惜春を感じるのかを考えてみてほしい。一般には、鳴り止んだときに感じるのだろうが、鳴り始めて去ろうとしている春を知るというのもあるのではないだろうか。

では、情の含まれている季題の場合、絶対心情を詠わないほうがいいのか。もちろん、景色や目の前に起こっている具体的なものを詠ったほうがいいのは確かだが、この場合、はずれると全然無駄になる。そこは自分の感性次第であるし、季題を突き放して見られるかどうかが問われる。また、心情の入った季題は何にでも合ってしまうため句作しやすいが、それゆえ、陥りがちな世界観をいかにして打破するのか、どのように冷やかに見られるかが問われるであろう。「春惜しむ」「夏惜しむ」「秋惜しむ」などは、どの季節に一番ぴったりとするかに気をつけなければならない。季題が動くようではいけない。しかしながらこれを決定するための法則はなく、ひたすら感性を磨くのみである。

一湾の弓なりに夏惜しみけり　片山由美子
惜春の歩を古墳まで伸したる　三村純也
惜春の橋の畔というところ　高士

この句では「畔というところ」としているが、一般的には「畔で振り返る」としてしまいがちだ。惜しんでいる気持ちが振り返らせるのでは、ただの説明文になってしまう。本来は振り向くところを、季題と相反することによっておもしろくなる。同様に「秋惜しむ」で「手紙を読み返す」を持ってくるのもよくない。せめて「手紙を読みにけり」ぐらいで止めなければならない。

季題に操られないよう用心しなければならないと同時に、こういう季題には挑戦しがいがあるので、恐れず向き合ってもらいたい。

対象物と作者を見つめるもう一人の自分がいる

句作において、自分と対象物しかいないと、直線的で平板な句になりがちだ。たとえば薔薇があったら、それを見ている自分と、もう一人その様子を外側から見ている第三者の自分がいると、三角形の空間をもつ距離感が生まれ、第三者の自分から見た薔薇を詠える。薔薇を見て詠もうとしている自分を感じることで、俳句が冷静に、距離感をもって詠むことができるのである。

虚子と立子にはともに「もう一人の自分」の存在があった。生《なま》の自分が舞台上のもう一人の自分を見ている。そういう視点を持つことから客観視できるようになり、俳句ができる。作家は両方を見ているのである。そしてそうすると見られているほうも幅が広がる。しかしながらこうなるためには、俳句力を磨かなければいけない。感覚的ではなく、理性的に自分を見るようにしなければならないのである。

俳句の理想的なあり方は、それが自分を離れて他人のものになること、即ち普遍的な句になっていくことである。

なぜ泣くやこの美しき花を見て　　立子

これは、虚子が亡くなった日の立子の句である。悲しみの中で虚子庵の桜を見ていると満開でしきりに散っている。虚子とともに見た年々の桜を思うと、涙がこぼれるのであろう。万感の思いの絶唱である。ここには泣いている立子を見ている俳人の立子がいる。冷静に作っているが、これは他人になるということではない。外側から自分自身を見る、そういう冷ややかな眼でものを見たからこそこういう句が生まれたのである。あくまでも自分が詠み手であるという意識を堅持して、句作しなければならない。

作者は読み手がどう理解するかを考えて、また読み手は作者の句意をいかに正確に読み取るかが大切である。これはわかりやすい句を作ることを指しているのではなく、それぞれの想像力の問題である。

その繰り返しの後に、俳句のもつ共有性や、自己を客体化して詠う（もう一人の自分が詠う）ことの意味が理解できるのである。

餅一つ食べて黙して命一つ　　寺井谷子

虚と実の狭間を行けるか

俳句の世界は、虚実ないまぜの世界である。

たとえば、実際には蜻蛉が二匹見えたのだが、俳句にする際には一匹にしたほうがいいならば、実数にとらわれる必要はない。いきなり虚に行ってしまうのではなく、前提に実があって（この場合ならば二匹いる）、数を多くしたり少なくしたりして遊ぶことで、俳句作品としてよくなるかどうかを考えてよいのである。

月が「出ていない」のに「出ている」にしてしまうと嘘になってしまうが、こういう場合に月を詠みたければ「月見えず」とするのは可能だ。また、「出ている」のに見えないほうがいい場合も「月見えず」とする。つまり、俳人はそういう世界に遊んでいるのだ。そもそも俳句の俳という文字は、「遊ぶ・戯れる・おどける」という意味である。人と違ったことをして楽しまなければ俳人ではない。

浅間かけて虹の立ちたる君知るや　　虚子

虹立ちて忽ち君の在る如し　同

虹消えて忽ち君の無き如し　同

これらの句は、十月二十日に作っているので、本来は「秋の虹」にしなければならない。虚子の私小説『虹』に出てくる句であるが、余命に限りのある愛弟子・森田愛子との別れ際にした約束を思って詠んだ句だ。虹を渡っての再会などとうてい不可能ではあるが、何にでもすがりたい思いなのであろう。

滝落ちて群青世界とどろけり　水原秋櫻子

この句も四月十四日に詠まれているので、「春の滝」とすべき句である。しかし事実のみで俳句を作るとは限らない。虚と実のうまい具合の兼ね合いが名句を生む。

機械一式昭和製なり新豆腐　小澤實

ふくろうに聞け快楽のことならば　夏井いつき

見えるもの・見えないもの

金亀子擲つ闇の深さかな　虚子

この句や「桐一葉日当りながら落ちにけり」などは、虚子が日盛会や散心会など、毎日のように仲間で集まって句会をやっている頃の句である。これらの会では参加者が互いに題を出し合っていた。題詠でありながら、吟行句のように、いかにも見たような感じでおもしろい。しかしながら、実際に金亀子《こがねむし》を擲《なげう》っているわけではない。二句とも題詠である。ゆえに、いかに目の前にはいない金亀子が飛んでいったかという臨場感を出せるかがポイントだ。

見てはいなくとも、実際に目で見るものは確かに見たものとしてリアリティが生まれるが、目に見えていないものでも、見える世界があるのだ。だから、目の前に見ていなくても句を生み出せるのである。それが虚と実の間の世界を見るということであろう。

さつきまで音でありたる霰かな　夏井いつき

この句では目に見えてはいるけれど、それよりもその音が主張をしていた霰が、いつのまにか溶けて姿を消したそのはかなさを詠んでいる。今ではもう見えなくなってしまった霰にこそ美があることを彼女は見逃さない。

龍の玉深く蔵すといふことを　虚子
老いゆくは新しき日々竜の玉　深見けん二
暗がりといふ一隅や竜の玉　高士

「龍の玉」は龍の髭という植物の青い実のことである。実のあることを忘れている冬に、美しい実を結ぶので驚かされる。

見るとはなにか、見えないとは何かを考えてみよう。

ノウハウのない世界である。自分を磨く方法は自分で見つけるしかない。

写生して、写生しろ

句作の根底にあるのは「写生」であり、少なくとも出発点としなければならない。客観写生について虚子は、「私は客観の景色でも主観の感情でも、単純なる叙写の内部に広ごつてゐるものでなければならぬと思ふのである。即ち句の表面は簡単な叙景叙事であるが、味へば味ふ程内部に複雑な光景なり感情なりが寓されてゐるといふやうな句がいゝと思ふのである」（「ホトトギス」大正一三年三月号）と述べている。

尾を振つて流され行くや蝌蚪一つ　立子
蝌蚪一つ鼻杭にあて休みをり　同
庭に出て線香花火や雨上り　同
かみそりのやうな風来る梅雨晴間　同
暁は宵より淋し鉦叩　同

このように客観写生の伝統に裏打ちされた、辛抱強い名句に出会うとき、「写生」とはつくづく奥深いものと感じるのである。また、俳句の基本は「写生」だが、その上になお「発見」がなければならない。しかもその発見も人にわかりやすくなければならない。立子の句にはそれがある。その奥深さや意外性を学ぶべきである。

二句目の「蝌蚪一つ鼻杭にあて休みをり」は立子が虚子とともに植物園に行った折の句。頭というべきか鼻というべきか、口調の上から鼻としてしまい、みんなに笑われたと立子はいうが、虚子は「感情も純なれば言葉も柔らかい」と評したそうだ。写生にも段階がある。最初に見たときは第一印象、さらに見ていくとだんだん違う印象が出てくる。しかし、自分の心を動かされたものでないと、こういう段階は生まれない。心を動かされたからこそもっと見たいと思うし、違うものが見えてくる。そもそもの着眼点が重要だ。そうして見ていくことが写生であり、さらなる写生を続けることで、何段階も先の写生になっていく。

籐椅子に深く座れば見ゆるもの　　高士

立子に見る大胆さとナイーブさ

星野立子はよく天才だといわれる。私は天才説は否定しているものの、やはり天才だと言わざるを得ない部分もある。確かに推敲している姿が思い浮かばないのだ。

しかしながら、瞬間的に推敲しているのだろうと思う。立子の句には、ぱっとその場を切り取るような瞬間の技のようなものがあるのだろうが、とにかく潔い。それができるというのは虚子の流れなのかとも思う。立子は父の虚子とつねに一緒に句作していたが、虚子は「私よりも詩人だ」と驚いたという。とてもまねできないし、まねをしても駄目になるのは明らかだ。

娘等のうかうかあそびソーダ水　　立子
いつの間にがらりと涼しチヨコレート　　同

「ソーダ水」を上に持っていこうか下に持っていこうかを、おそらく瞬時に判断しているのだろう。ぱっと作っておわるという感じだ。もちろんその前に努力があったのだが、あれだけ先人とは違うシーンを詠っているのだから、天才的な感性の鋭さと直感がなければ、浮かばないはずだ。五・七・五に広がりがあり大胆さとナイーブさが同居している。

家族を詠んだ句はつい個人的になりすぎてしまい普遍化しない場合が多いが、立子は父虚子を距離感を保ってさらりと詠んでいる。

面白き父の言葉の初便り　立子

虚子は直視、立子は感性。立子は瞬間的に切り取るタイプだったのだろうと思う。そういう立子を知っているからこそ、私は人とは違うところを詠もうとしている。だれもが見落としているところに気をつけるのだ。それが拡大していくのである。しかしながら、どうしてそれが出てきたのかはわからない。立子が持つ新鮮な大胆さ、それをいつも意識しておきたい。

表現はあっさり、内容は濃く

俳句は表現がしつこくて内容が薄っぺらでは駄目だ。表現はあっさりとしながら、内容をしみじみと詠まなければいけない。何気ないことでも、表現は平明に、内容には深く入っていくのがいい。なかなか難しいところだが、そういう作り手の気構えが大切だ。最初からべたべた言ってこれでもかというのは駄目だし、あっさり言って内容もあっさりも駄目だ。しかし、そのことは他者から言われてみないと案外作者は気づかない。また、内容の濃さを検証しなければならないので、検証する力も必要になってくる。

私も昔はあっさりしていたが、最近は濃いと言われるようになった。これは、内容を濃くしなければおもしろくないことに気づいたため、意識しているからだろう。

その際に有効なのが推敲だ。できた句を推敲してバランスを見る。しかし、推敲をしすぎても迷路に入ってしまい、どうしていいかわからず、かえって駄目になってもくるので、そのあたりの加減が難しい。

牡丹散て打ちかさなりぬ二三片　与謝蕪村

この句は牡丹の気品を詠っている。花の盛りをすぎて、散り始めた花びらがうち重なっているのであるが、花の誇りが感じられる。とはいえ牡丹のもつ重さを「二三片」としたことで軽くしている。

灯すや文字の驚く夜の秋　坊城俊樹

この句はあっさりとしているように見えて、なかなか個性的だ。提灯か看板なのかは不明だが、文字が書いてあるものに灯を点けてみたら、もう秋へ移ろうとしている時期になってしまったと文字が驚いているのである。夏を過ごした文字が季節の移ろいを感じ驚くという、なかなか詠めない句である。

鑑賞と選。これもまた俳句の醍醐味である。

魚捌く水のくれなゐ春浅し　佐藤郁良

名人に学ぶ

俳句の世界ではうまい人を名人とは呼ばない。単に句に対して名句と呼ぶだけである。しかし自分にとっての名人というか、うまいなあと感じる俳人を何人か見つけるとよい。たとえば鈴木真砂女が好きならばまず読んでみて、それから安住敦、久保田万太郎を読み、松根東洋城にいくといった流れのなかで多くを知ることとなるだろう。そして昔の人がやったように、句を筆写する。好きな句を自らの手で書くことが何を生むかは是非試して感じていただきたい。私も先日、星野立子を読み返してみて、改めてその味わいの深さを感じた。着想を俳句にまで昇華させるにはどうすればよいか、秀句を読むことはそのための手掛かりやエネルギーになる。

また、伝統俳句以外の作品に触れてみる機会も必要だ。俳句がうまい人は沢山いるから、うまさで対抗しようとしても勝てはしない。しかしその人なりの個性の裏づけをし、季題の本質を探り、日常的に言葉探しを続けるという姿勢が句を磨く。

言葉は自分の周りに山とあるが、こちらが探し出さなくてはいけない。漠然とある言葉を使っても自分が表したい言葉ではないし、作りたい句にふさわしいはずもない。

夏痩せて嫌ひなものは嫌ひなり　三橋鷹女

この句は主観が強いと言われるが、そういった強い主観という過程を経ての客観写生であるべきである。写実と写生は違う。写生とは文字通り「生むもの」「生まれるもの」であり、単なる写実ではない。客観にこだわるあまり、得てして写実（報告）に終わることが多いものだ。常に客観写生を心したい。

厚餡割ればシクと音して雲の峰　中村草田男
鍵のある日記長女に買ふべきか　上野泰

作っただけで簡単に満足せず、読み返し、推敲するのはもちろんだが、多くの名句が読める現代、意識してその時間を作り、名人の句を知るべきだ。またうまいだけよりも中村草田男や上野泰のようにおもしろい句のよさも学びたいものである。

言葉の抑制について

俳句もどきを作るのは、そう難しいものではない。つまり十七音のなかに、「風」「影」「光」「雨」「草」「ふるさと」や地名などを使うと何となく俳句らしく見せることができるのだ。だからこそ安易に使うのは避けたい。これらの言葉の使用を抑制することで、違う言葉を使わざるを得ないため、深みが出てくる。

そのためには、あえて使わないという禁欲的な姿勢を勧めたい。使いたくても一年くらい我慢して、使ってみるといいものになる場合がある。使わないでいたことで、秘められたものが出てくるのである。限界まで頑張ってみて、もう我慢できなくなってから使うというのがいい。

ほかにも、地名や身内のことなども避けたほうがよい。地名については、わざわざ言わないでおいて、読み手に感じさせればよいのであるが、旅行などに行くとつい使いたくなるようだ。どうしても使いたい場合は、ほかの言葉との組み合わせに注意しよう。「青森」と「りんご」や「浜松」と「うなぎ」などでは平凡すぎる。

風吹いて蝶々迅く飛びにけり　高野素十

風が吹く仏来給ふけはひあり　虚子

これらは私に強烈なインパクトを与えた句である。禁断の「風」を使うべき機を得ている句だ。二句共に風が吹いている。

まず素十の句だが、風が吹いたら蝶々が速く飛ぶのはあたりまえだ。しかしながら、遊び心で作っているのであろう。この句のあたり前のなかにあるすごさを感じる。そして虚子の句は、子規の従弟の藤野古白がピストル自殺したときの追悼句だ。ここでも「風が吹く」を気配と合わせて使っている。私は通常、風ならば「止まる」ほうがいいと言っているのだが、ここまで作れるのならば「吹く」でよいだろう。

風や影はわずか二文字だが、いざ換えようとすると、なかなか難しい。日頃から、ひとつの言葉に対してできるだけ多くの置き換えられる言葉を持てるよう心掛けたい。

考えたことと逆を詠んでみよう

これはなかなか説明しにくいのだが、つまりは相手の存在を考えるということだ。そして、考えたことを一回元に戻して立て直してみる。ここで言う元というのは原点。常に疑問を持つという意味である。自分本位でいては、相手に伝わるものに至らない。伝えるためには、自分は真っすぐ行こうと思っていても、曲がっていったほうがよい場合があるか、自分が思っているのと違うところにいいものがあるという発想を持つことだ。

たとえば花ならば、咲くのがいいのか、散るのがいいのか。これは答が一通りではない。咲くと必ず嬉しいわけではなく、また散るからといって悲しいわけではない。

風が吹くよりも吹かないほうがいいのか、鳥が飛んでいるのがいいか、その場から消えたほうがいいのか、高く飛んでいるほうがいいのか、風で流されるのがいいか。コスモスが高くゆれているほうがいいのか、低くゆれているほうがいいのかなどを考えてみて、そこからが創作の時間になる。そうすると、逆を読んだほうが成功するようにも感じる。

これは、このような取り組み方をしてみてはどうかという提案である。十人十色、百人百色。また同じ人でも、タイミングによって感じ方が変わったりもする。それらをなんとなく常識のようなものから決めつけて、範囲を狭めてしまうのは残念である。

どうやって決めるかに迷いがあれば、過去の名句を読むのもよい。そうすることで、自分にその句によって喚起された詩情を感じ、相手の気持ちを呼び覚ましてみる。そうして見えてくる世界を表現に繋げるのだ。これは単に考えたことを逆にすればいいという意味ではない。考えたことと逆を想像してみて、世界観を広げ、そして詩の世界を彫琢する。ここはひとつ、逆転の発想を持ってみてもらいたい。

光陰は追ひかけるもの返り花　　高士

残菊に叶ふ日和となりし谷戸　　同

光陰は去って行くものだ。そして返り花は、すでに季節が去って、花の時期ではないときにふと咲く花である。光陰の速さを詠みたいならば、「春の風」などにしがちであるが、あえて逆のものを置いてみた。また残菊の句では、細々と咲いている菊を励ますように谷戸の日和が定まった景である。

破調はうまくいくとよい句になる

俳句は五・七・五の十七音の定型詩である。しかし、破調は、5＋12とか、12＋5とか、なかにはもっと違う組み合わせで作られる場合もある。

俳句は感受性で作ると言われるが、いわゆる技巧も必要だ。さまざまな技巧があるなかで、破調という技巧も有効な場合があることを知ろう。

本来の守るべき調子を変えることで、おもしろみが生まれる場合があるからだ。少し平凡な句でも破調にするといい句になる可能性が出てくるという、いわばよく見せるためのテクニックである。

しかし、あまりうまくいかないときに、破調にすればなんとかなると考えるのは早計である。とくに始めたばかりの人には難しく、かえってとんでもないものになりかねない。ある程度、できるようになってから試してみたほうがいい。

定型の世界だからこそ、破調も時にはおもしろいのだ。

白牡丹といふといへども紅ほのか　虚子

この句は「白牡丹」で切れ、本来は禁止とされている中八であるが、それがこの句の味わいになっている、破調がうまくいっている例である。

犬ふぐりどこにも咲くさみしいから　高田風人子
天空にまで陽炎の先とどく　高士

破調という調べなのだから、使う場合はきちんと効果を出さなければならない。うまくいけば、一句が新たな光を帯びる。「うまくいけば」というのは、簡単にうまくはいかないからだ。まずはやってみよう。やってみないことにはわからない。いつもどおりに作ってみて、よくないときに挑戦してみるのも一興である。

破調の句というのは偶然にできることもあるが、作ろうとしないとできないので、挑戦する気持ちをもって臨み、リズムの崩れゆえのおもしろみを味わっていただきたい。

大は小に、小は大に

海や山のような大きな季題は、すでにそれだけで充分大きいわけだから、詠うときにはさらに大きくする必要はなく、かえって小さい、質素なものを見出すとおもしろみが出てくる。「春の海」ならばその端っこにあるものを見つけると、いいエッセンスを得られるというような意味である。

このように季題にはそれぞれの広さに違いがある。広い季題は質素というか、短く、身に引き寄せて捉えるとよい。そのためには、「春の海」と「春潮」とでは広さが違うように、まずは季題そのものを正確に捉えなければならない。

「春の塵」「春塵」などは目に見えないようなものだ。こういう季題は、大きく使うとおもしろい。これは写生というよりもいわばテクニックである。

蟻地獄松風を聞くばかりなり　　高野素十

これは大きいものと小さいもので構成されている。大きさの対比を作者が意図的にしているかどうかは不明だが、句としてなかなかおもしろい。二物衝撃でも取り合わせでもない二句一章の写生句である。写生をしながらも、作者の心象風景を見るようなところがある。蟻地獄という実態のあるものと、松風という音の取り合わせがよく、「ばかりなり」がうまい。

標なく標求めず寒林行く　　高柳克弘

この句では寒林を行く自分が詠まれているが、多くの先人も歩いてきたのであろうその道を踏みしめる自分のあとからも、おそらく同じように人が歩くのであろうとしている。人間という小さな存在が、荒涼とした寒林を歩いていく姿は、いかにも寂しげだが、心には何かを抱えているはずだ。

このように大きなものは小さく、小さなものは大きく詠うことで、俳句に奥行とおもしろみが生まれるのである。そこにないものが見えたり、聞こえたりする句がいい句である。句作は五感を使ってしたいものだ。

意識して切れ字を使う①「や」

俳句に切れ字を使うと、感動や発見が強調される。切れ字には「や」「かな」「けり」などがあるが、最近は「や」を使う人が少なくなっている。だからこそ「や」を使ってみると、効果的なトレーニングになる。

たとえば「惜春や」と三十並べて書き、その下は空白にして、次々と俳句を作ってみるとおもしろい。言葉に詰まっていく自分を、奮い立たせてその先へ進ませるよう鍛えていくと、これまでにない世界が開ける可能性がある。また自分の持っている言葉の限界を知るだけでも、今後の言葉への向き合い方が変わってくるはずだ。

またこれまでに作った上五が「の」「に」「は」で終わっている句を、切れ字にしてみると意外なおもしろさが出てくるときがある。置き換えたものを読み比べ、味わいの差を感じてもらいたい。プロの俳人でもあまり切れ字を使わない人がいる。特に上五の「や」は難しいのである。

地吹雪や王国はわが胸のなかに　佐藤鬼房

この「や」があることで、地吹雪が強調されている。このように切れ字には、景色や心情を広げたり、思いがけない効果を発揮したりする魅力がある。

松茸や虚子の名付けし酒二つ　高士

「松茸や」で切ったのは、その格調と存在感のためである。高価な物の存在感とそれへの作者の意識を、この「や」で切って独立させている。虚子が一緒に松茸を喜んで食べているのではないかと感じて作ったわけだが、実は虚子には「松茸の香も人によりてこそ」という句がある。これは比叡山の高僧から松茸を贈られたときの返礼の句なので、私も産地の丹波、近畿の雰囲気を出してみたかった。俳句においてはいわばひとつの武器であることを心に留め、切れ字を使いこなせるようにしたい。

秋茄子ややさしくなりし母かなし　立子

意識して切れ字を使う ②「かな」

切れ字は一句に一度しか使わない。そうしなければ、どこを強調したいのかがぼけてくるからだ。

旅人や破鐘叩く扇かな

これでは詠みたい対象が旅人なのか扇なのかがはっきりとしない。

旅人の破鐘叩く扇かな　子規

切れ字を一箇所だけにすると扇が浮き上がってくる。

「かな」は名詞につく切れ字であるが、時に副詞や活用語（動詞・形容詞・形容動詞・助動詞）の連体形の後ろにつく場合もある。通常、句末に置くが、これはその直後に余韻が生まれるからだ。
「や」が場面展開をする強さを持つ切れ字であるのに対して、「かな」は「〜だなあ」といった、やや柔らかな雰囲気を生み出す。

野ざらしを心に風のしむ身かな　芭蕉
春水に開けはづされし障子かな　立子
枯蓮の向ふの雑木林かな　高士

それでいて「かな」はその前に置かれた言葉の味わいを深めている。句の景色に広がりが生まれ、詩的な世界が膨らむ。

咲きすてし片山里の李かな　虚子

同じ句を「かな」「けり」で作ることはできるが、その響きの違いを感じて、詠むべき景色にふさわしい句に仕上げたいものだ。

意識して切れ字を使う ③「けり」

「けり」は、「や」や「かな」と同様に強い詠嘆を表す切れ字だ。

鶏頭が立往生をしたりけり　小林一茶

「けり」は、動詞、形容詞の後に置いて使われる。下五に置かれる場合が多いが、中七に見ることもある。

降暮しくけり春の山　小林一茶

「にけり」も「たりけり」は、「〜してしまったなあ」「〜なことだなあ」といった、しっとりとした詩情にひたるような感じを表す。

すかんぽの見る間に刈られゆきにけり　立子

貸ぶとん引つぱりあうて寝たりけり　森川暁水

「けり」は、その時までに気づかずにいたことを発見した思いを表すので、対比を表すときには「ありにけり」を、そして何かの描写の場合は「をりにけり」「なりにけり」を使う。

雁帰る空あり彼方ありにけり　高士

春めいてをり考へてをりにけり　同

「や」「かな」「けり」で俳句が切れると、独特の余韻が生まれるが、それぞれには差があるように感じる。「や」や「かな」の場合は、詠まれている世界が広がるような余韻を感じるが、「けり」は逆で、消えて行くような余韻を感じる。

「けり」は通常、句末に置くのが一般的だ。「けりがつく」というのは、俳句・短歌で「けり」を最後に置くためから来ている。

季題が置き換えられるのは、推敲が終わっていないから

句会に向けての句作は、楽しさと苦しさが相半ばするだろう。何とか準備が整ったと読み返し、まんざらでもないと思う前に、もうひと手間かけてみよう。季題を似たような季題や、違う季節に置き換えてみるのである。

たとえば水ならば、「春の水」で作ったら、「秋の水」に置き換えてみて、「秋の水」でも違和感がないのならばまだ推敲が終わっていないということである。

春水をたゝけばいたく窪むなり　虚子

久闊や秋水となり流れゐし　立子

青林檎旅情慰むべくもなく　深見けん二

三句目は私の好きな句だが、「青林檎」だからやるせない感じで「旅情慰む」に合うのだ。まだ熟していないから、旅情を慰めてくれないわけだ。青林檎は夏の季題だが不安感が感

じられる。

推敲に際しては、この句ならば、青林檎に対して、林檎（秋）、林檎の花（春）、冬林檎（冬）などと置き換えてみる。すると青林檎のよさが感じられるだろう。

ところで、同じ時季の似かよった季題は厄介だ。「蜩」「法師蟬」「秋の蟬」を詠みわけるのは難しい。それは同じ時季に鳴いているからなのだが、それでも繰り返し作ってみると違いが出てくるはずだ。

私にとっての蟬の本意本情は鳴き声だ。蟬が鳴くのを聞くと夏が来たなと感じる。その鳴き声の差が、季節の移ろいを知らせてくれる。

蟬の姿を見ることはまれだが、身に親しく感じられるのは、声で自分の存在を知らせているからだ。

似たような蟬を詠み分けるには、まずは声をよく聞き、味わうことだ。

初蟬のながき調律はじまりぬ　　津川絵理子

間の重要性

わずか十七音の俳句ではあるが、そこには間がある。この間は切れや三段切れとは違うものである。間というのは遊びの時間というか、ゆとりや余白といったものである。能や歌舞伎などで、シーンとする瞬間があるように、俳句でも寡黙な部分がある。詠み手側はそういう間を出せるか、また意識できるかどうかが、また読み手はそういうことを感じるかどうかがポイントだ。読み手の意識を引きつけるものであり、作者の身についているものでなければならない。とはいえ、それを極端に意識してはいけない。自然に身についていなければ、時間と空間は生まれないからだ。その間というのが立子にはある。

麦打の音に近づきゆきにけり　　立子

この句では最初は麦打と作者の位置が離れていた。作者が麦打の音を聞いてだんだん近づいて行くのだが、まだ間がある。「近づきをりにけり」だと終わってしまうが、「近づきゆきにけり」としたことで、まだ少し間があるところがいい。たいていはこの間をとらずに近づき過ぎてしまう。これは虚子の立子への薫陶だろう。
これは、たとえば上五から中七に行く間を切ればよいというような意味ではない。具体的なテクニックではなく、間を感じそして生むのではあるが、そのことで味わいや世界観が広がる。間はさまざまな文学や芸術のそれぞれにある。

歩み来し人麦踏をはじめけり　高野素十
また一人遠くの蘆を刈りはじむ　同
校庭へ洩れくるピアノ飛花落花　日下野由季

どのようにして間を生むか、またすでにあるのかどうかを知るためには、声に出してみる方法がある。十七音は句によって読むスピードが違う。俳句を作ったらまずは読み上げてみるとよいだろう。そうすると目で見ているときと違った印象、つまり間があるかどうかを感じるはずだ。また選句の場合も同様で、味わいに差があるのがわかる。

あめんぼと雨とあめんぼと雨と　藤田湘子

この句には、ちょっとした間がある。次を待っているような、何ともいえないような時間としての間である。「何が起こるのかな?」というような微妙な瞬間だ。たとえば話をするときなど、立て板に水のように話したからといっていいわけではない。適当な間がなければ、だれも聞いてはくれないし、うまい間のある話は内容以上に人を引きつける。

朴の花暫くありて風渡る　高野素十

桐一葉日当りながら落ちにけり　虚子

ともに何とも言えない間がある。まるで舞台のようである。この間は切れとは関係ない、もっと芸術的なものだ。芭蕉は「舌頭に千転せよ」と言ったが、自分なりに判断基準を設定することで句は磨かれる。感覚的に身につかないとわからない世界ながら、自作を厳しく読み返してみたい。正岡子規は高濱虚子の俳句について、「彼の句には時間と空間がある」と言った。先人の句に「間」の大切さを学びたい。

第五章

選と句会

題詠と吟行

題詠とは、決められた題の句を作ることである。題は選者やほかの出席者が決めるので、自分が知らない（これまで興味を持たなかった）題が出されることも多い。だから題詠は調べたり考えたりしながら作ることとなる。題は季節や季語に限らず、バラエティに富む。句会で次回のために出されるのを兼題と呼び、句会のその場で出される題を席題という。こちらは句会の直前や即興で句作をすることとなる。

題詠ばかりをずっと続けていると、頭で考えているだけであるから想が尽きてしまう。そのため、外に出て行くのだが、逆に見ることが邪魔することもある。それでおかしなことを詠ってしまうことも起こる。だが時間を経ることで妙な部分が削ぎ落とされ、研ぎ澄まされたよい句に繋がる場合もある。それが題詠句の醍醐味である。虚子の名句はほとんどが題詠句なのはこういった所以《ゆえん》か。

吟行とは、俳句などを吟じながら歩くこと、またそれらをつくるために景色のよい場所や名所旧跡などに出かけていくことを指す。日頃の生活圏を離れて見る景色や事物は新鮮であるが、あんがい既成の知識に引きずられることも起こる。ぜひとも、素直な目で見ることから始めたい。そして、次は違った視点から眺め直してみよう。

木曽川の今こそ光れ渡り鳥　虚子

虚子の時代には吟行という言葉はなく、二泊ぐらいでどこかへ出かけていって句を作っていた。題詠に飽きたというか、想が尽きたのではないかと思う。そこで見る強さを確認したのだろう。実際に目を向ければ、葉っぱの揺れ方が想像とは違っていたり、頭の中にあるイメージとは違うさまざまな刺激がある。だから、虚子が吟行を勧めたのはそういうところからなのであろう。部屋にこもってあれこれと考えても、もう考えられないから外に出てものを見ようということだ。見ることで理屈を防げるため、つまりは題詠を打破するために出かけ、その場で作ってみたのだ。吟行先ではまた題詠もやる。一回見ておいてから題詠をやると強さが出る。これが、いい句ができていくまでの、訓練のプロセスだ。

題詠、吟行それぞれによさがあるが、片方だけが苦手だと言う人もいる。しかしそういう人こそぜひとも両方に挑戦していただきたい。題詠のときに、吟行で見ていたものがふと出てくるときもあるし、題詠で考えていたことに吟行に行った先で出合って、そこで作ることもある。このように、題詠句は吟行の延長線上に生まれる場合もあるのだ。

国分つ海峡前にして花野　西川阿舟

この句は北海道の吟行での成果が、何年かして題詠に活きた例である。見たときにはそのもののままであったのが、時間を経て蘇ったときには、余分なものが削ぎ落とされている。実は、吟行では余計なものまでいろいろと見えてしまうし、音も聞こえるので、見るべきポイントがずれてしまうことが起こりがちなのである。

題詠ではそういうことは起こらないので、削ぎ落としていく吟行とは逆に、色や音などをつけて句を作るのだ。そして実際には見えていない、対象物の背景にあるものを見るようにする。このようにできるようになるためには、吟行での経験を題詠に活かすのである。

写真でいうと撮影の対象物は重要だが、そのバックも大事だということだ。題詠だと季題は見えても、背景までは教えてくれない。だからその部分は自分で考えなければならない。

ふらここや上野の山をかたむけて　高士

これは上野に出かけたときの句である。「湯島」と「梅」のように即きすぎになるときは地名をいれないようにするが、「ふらここ」と「上野」ならばよいだろう。しかし作る過程ならば「湯島」と「梅」が入った句から始めてもかまわない。もちろんそのままというわけにはいかないが、投句するまでには推敲を重ねて仕上げればよいのだ。初めから最終形を作り上げるのではなく、駄句をいくつも超えていく心構えを持とう。そのためには題詠で培った力も大切だ。

吟行では歩きつつメモを取りながら作って、句会場に入って三十分くらいで推敲して投句する。ここではもう見てないのだから、題詠の時間となる。見てきたものを一つの句に完成させるのが題詠の力である。

吟行句は、目の前にあるものをすぐ詠むのだから、全員が見ていれば理解できてしまう場合がある。しかし、だれも見向きもしないようなところに、俳句にふさわしいものがある。そういうことを詠むのも俳句の風流だ。自分の視界を広げて楽しむと、案外よい句が生まれる。俳句にはそういう謎が秘められている。

句会のありがたさ

句会には、新しい句との出会いがある。また出句して、自分の句がどのような評価を受けるかという楽しみもある。そして、句と人との出会いがある。意外な句と出会い、それを出した人の意欲とも出会うのである。

句会をやらず通信やインターネットだけで自分の俳句を磨こうという人もいるが、顔を突き合わせてやるべきだ。句会では嬉しそうな顔、落胆した顔などをじかに見ることができる。もちろんつらさもある。一生懸命作ったのに、なぜ自分の句が評価されないか悩むこともあるだろう。しかし座の文学であるのだから、一人でやっているよりもずっとよい。また、句会に出なければならないからといって出てくるのもいい。こういう時間的な制限があると、なんとかして作らなければという緊張感も生まれる。また、それが思わぬ力を発揮することもある。無記名で出句するので、だれが感動してくれるかを知るのも楽しい。また、句会ではさまざまなレベルの人が混じっているので、かえって刺激にもなる。初心者でもよい句を出すことがあるのだ。

虚子が句会をこよなく愛したというのはよくわかる。句会は、自分を奮い立たせ、度胸が磨かれる。それを経てうまくなるのである。しかし同時に虚子は「句会へは戦場へ赴く心持ちで行く」とも言っている。そういった気概が虚子の句を磨いたのであろう。

句会はしみじみとありがたいものだ。人の顔と声がある。講評してもらうのもよい。句会というのはそういうところがいい。不在投句だと採ってもらったとき嬉しくても、実際の場の雰囲気はわからない。

ネット俳句は文字が手書きでないために作者の顔が見えてこない。大都市でないと句会をやっている結社が少ないこともあるので、ネットに頼らざるを得ない人もいるだろうが、この場合は顔が見えないだけでなく、手書きの文字も見えないのでなんとも印象が異なってくる。地方で主宰がいない場合などにどうするのかは難しい問題だが、なるべく句会に出られる工夫をするのは大切だ。

秋深し水のやうなる詩を読めば　藤田直子
鰻屋に上がる会社の名を告げて　蜂谷一人

句会で心がけたいこと

自分の作った俳句に対してはどうしても推敲が甘くなりがちである。もちろん、句作にかける時間的な制約なども関係してくるが、総じて、自分の句には作り手としての客観性がなかなか持てないということが大きな理由に挙げられる。俳句は的確に推敲すれば格段によくなる。ちょっとしたことで並句が名句に変貌する。もちろん、的確に推敲すればの話だが。

そのために、俳句を詠む上で常々心がけたいのは、この句は自分が選者だったら採るかどうかという自分への問いかけである。また虚子なら選ぶかな、立子なら選ぶかなと、想像してみる。先人の持つ俳句の世界をどうやって感じるのかが名句への第一歩だ。互選の際、この句が回ってきたときに、自分ならば選ぶかどうかを考えればよい。作者であるだけでなく、選者の自分がいなければならない。そして、選者となった場合に前向きに読むのか、後ろ向きに読むのかという問題があるが、これは厳しく読んでよいのだと思う。また、句会でよい句を採り損ねたというときがあるが、これは重要な感覚だ。また奥深く読んでいる人の句評を聞くのも勉強になる。さらに自分の句を見るとき、自分が想定した選者となることで、客観性は生まれる。またさまざまな読み手を考えることで、普遍性が生まれる。他人の句として見る目を持つことで、磨かれていくわけである。また作ってから何日かおいて見直すのもよい。

俳句ができたら、違う季節の同じ季題に置き換えてみて自分の句を見直してみることを勧めたい。また同じ意味の季題を置いてみて、どちらでもいいようでは未完成だ。この作業は出句の前にぜひやってみてほしい。「○○○○○根岸の里の侘び住まい」には六千以上の季題を上五に置いて成立することで知られているが、それと同じで、その俳句の存在価値が薄くなる。

時に、季題は自分が思ったのと反対のものにしたほうが不思議とうまくいくことがある。このように、さまざまな方法を自分で操れるようになるとよい。

句会で佳句が多く選者泣かせの日は、それはそれで難しいものの、やはり作者の姿勢が感じられて心地よい。季題を見つめ、言葉を選び、一句に厳しく向かい合ってもらいたい。

題詠は自らを強いて作るので、思わぬ句が生まれる

日々の生活のなかで目に留まったものを詠うことはたやすい。

しかしながら題詠は、自分が感じていないものを見つけ出して詠まなければならないため、なかなか難しい。これはいわば知力よりも体力勝負な世界である。出題者は、それぞれの作者が自分の持っているものを打ち破っていけるようになるために、題詠や席題などを出すのである。打ち破ることで、意外な世界がそこに生まれる、いわば別人格になれるということである。

このようなときに、作者は自分の世界から飛び出さなければならず、通常ではありえない創作に向かって無理をしながら作るため、素直なままではいられない。課せられたタイトルに挑戦する姿勢を取らなければならない。しかしながら、このように頑張って、無理をしながらも立ち向かうことで、思いがけない発見をすることもある。だから絶対にくじけずに続けるべきだ。

本来、句作においては、季題とじっくり向き合う姿勢が必要である。題詠では強制的に

その季題と向き合うことで、集中力が鍛えられる。しかし、季題と心が通い合うには時間がかかるのである。そういう意味では、吟行こそがまさに席題なのである。自分が見ようとしていない題が次々と目の前に現れるからである。

題詠句会は子規の頃からやっているが、席題に季題を出すとおもしろくないので、普通の言葉にしていた。言葉にすると、また広がりが出る。

常日頃から、季題でも言葉でもよいので、自分で題詠を続けることはいわば挑戦である。無理をしながら作り続けることで、自分を打ち破ることができる。虚子は「いつよい句ができるかだれにもわからぬ」と言って毎日やっていたそうだ。

句会を続けていてわかったのだが、頭で考えただけでは臨場感のある句はなかなかできない。実際見たことと、頭のなかで考えた内容との調和、即ち写生と題詠がうまく融合したところに佳句が生まれると言える。そして、それは困難な季題ほど名句が生まれる可能性にも繫がる。

俳句は季題の先取りをする。過去は詠わず、今日、明日を詠う。そんななかで、何が出てくるかわからないからおもしろいのであり、そのためにも季題と正対することが大切なのである。日々が真剣勝負である。いっそうの精進をしたい。

作句と選句

俳句を学ぶ上で、選句は句作にも増して重要な作業である。何人も自分の力量を超えた句を選句することはできないからだ。結論は読む人が考えることであるが、そこには確かな鑑賞力が要求されるわけである。俳人にとっては「選評」もまた、「句作」に劣らぬ大切な作業なのである。日々研鑽を積むなかで、選句する目も養われ、句作も上達する。

選評には分析力が必要だ。感情を捨てて人の句を見なければならないが、同時に作者と同じ位置に身を置くことも重要だ。俳句に向き合うときだけでなく、つねに自分の気持ちの方向性をアクティブにしておきたいものだ。たとえ落ちこんでいてもそのままでは視界が狭くなるので、アンテナを張って、自分の気持ちを強く持っていないと、いいものは見えない。道を歩いていてもぼうっとしないで、前から来る人、後ろを歩いている人などに注意を払うべきだ。

句作は挑戦的であるべきで、失敗など恐れてはならない。今日秀句ができたからといって明日もそうであるとは限らないし、選に入ろうとして守りに入ると決してうまくいかない。また、俳句には「濃さ」「虚」「実」も必要である。それらをどう取りこみ、どうこなして詠むかなのだが、これも簡単にはいかない。

そして句会に臨むときもそういう気持ちを持っていないといけない。私も多くの句会に出ているが、神経を集中していないといい句を採りそこなってしまう。選句の際にはそれぞれの情景が浮かんでくるが、時間が限られているため、瞬間的に判断をしなければならない。いちいち調べるわけにはいかないから、経験値や直観力がものを言う。

選句というのは、ぱっと見てこれがいいというように判断するが、そこには必ず理由がある。まず、季題に負けてしまったら駄目。八十を越えても、虚子はエネルギッシュだった。どの句も季題に負けていない。虚子は石ころを詠んだりしているが、力が入っていないようでいて実はしっかりと入っている。これはそっとなでるときのほうが力がいるのと同じだ。ピッチャーにたとえれば、遊び球といったところか。力を抜くことができるほどの攻撃性を備えていなければ、俳句は逃げて行ってしまう。

独り句の推敲をして遅き日を　　虚子

春の山屍《かばね》を埋めて空しかり　　同

聞いたらなんだか嬉しくなり、悲しくなる句を味わう

選者としてかなりの数の俳句を毎年見ている。そんななかで、ぱっと飛びこんでくるというか、嬉しくさせてくれる句があると採ることになる。また泣けてくるような句にも出会うが、この場合は同情しないで読むようにしている。同情すると選が弱くなるからだ。しかし、それでも俳句として悲しみが伝わる場合は別だ。

選者は一句を瞬間的に判断する。そして喜んだり、悲しくなりながらも、一瞬で冷静になって、次の句を読まなければならない。

さて互選の場合はどうだろう。ここでは読み手の問題がある。提出句を読んでいて、感動を共有できるときは何とも言えない気分になるだろう。作者が平静に作っていればそれが読み手に感動を与えるのだが、これはなかなか難しい。作者が嬉しいとか悲しいなどの気持ちを抑えて作れば、読み手に伝わるはずが、案外、自分の気持ちを優先しがちでそれを抑えきれない。また読み手の力も関係する。

また互選では読み手の力で選が左右される。だれも今の自分のレベル以上の句は採れな

いからだ。つまり、句のよさを感じる力が育っていないのである。しかし、レベルの低い句を採ってしまっても、それ自体が勉強なのだから、選者が採った句と選評を聞いて学び続ければよいのだ。

立春の米こぼれをり葛西橋　　石田波郷

この句は、大袈裟なことは何も言っていないが、まず葛西橋というのがいい。見落としてしまいそうな景色だが、春が来てめでたい感じのなかに、病気がちの波郷が、米がこぼれたことを見逃さないでいて、はかない感じが出ている。特に葛西橋というのは生活道路のような感じで、立春とはかなさが際立つ。これが他の橋ではこうはいかない。

この句は境涯俳句で、波郷だから作ったのだろうし、波郷だからこそよかったのだろう。また波郷でなければ評価されなかったのだろうと思う。普通は作者の名前がわかってから評価するのはよくないと思うのだが、この句においては、波郷を知っていてこそ味わいが深まる。悲しいようでいて、一見、明るくも見えるが、生活句でもある。

迷ったら初案を出せ

俳句は時に、推敲すればするほど訳がわからなくなることがある。星野立子は、そういうときこそ「初案に戻れ」と言っている。なぜなら、最初の感動や発見を形にした「初案」には、本来、力があるからだ。

おそらく立子は経験的にそのことを知っていたのであろう。無駄な推敲で壊された句から離れ、最初に作った句のよさに気づいていたのだ。

一生懸命推敲しているつもりが、いたずらにいじくりまわしているうちに、新鮮さや純粋な感動などがどこかへ姿を消してしまい、無残な姿になってしまう。そして、自分が感じていたこと自体も変形してしまう。こういうときは迷わず初案に戻るべきだ。

句会でも提出句に対して私が「こうしたらいいのでは」というアドバイスをすると、実は初めはそうだったという答が返ってくる場合が多々あることからも、作者が推敲の過程で、一番大切な部分を壊してしまう例が多いことがわかる。

うまくなってくるとだれもが高所を目指すようになり、土壇場でつい出してしまう。おもしろいのは、たとえば五時集合六時締切と六時集合七時締切では同じ人でも時間の違う句が生まれることだ。そんなふうに、句に対する感じ方も違うのだから迷いが生じるのもあたりまえであるのだが、推敲しているうちに迷路に入りどうにもならなくなるのであろう。

しかし、この過程は覚えておくとよい経験ともなる。

ひとつの題に対してたくさん作る人は、どれを出そうか迷うようだ。これも選を重ねていくうちに、どうするのがよいかが見えてくるであろう。

私なども、初案ではいけないという思いがある。それは、さらなる句作を目指す心構えがあるからだ。とはいえ、迷ったときは初案に戻る。

迷ったら初案に戻り、推敲に際しては技巧に走らず、しっかりと自分の句を見極めることが大切である。

また、推敲がままならないときは、初案のままで出す勇気も持とう。

吹かれきし野分の蜂にさゝれたり　　立子

花芒はらりと解けし如くなり　　同

選句の見極め

虚子は「採らぬ親切」ということを言った。句会などで度々高得点を得ると、時に人は慢心しがちなものである。「ひょっとして自分には俳句の才能があるのではないか」。それを戒める意味で虚子はそういったのである。

たしかに選んでもらえればだれもが嬉しい。しかし選ばれなかったことでいっそうの精進をして、その人が持っている力を伸ばすことは大切だ。選者を信じていれば、採られないというのは、そこに何かがあるからだとわかるはずである。採る、採らないというのは、選者としては意味があって決めているからだ。

実際、虚子はなかなか採らなかったらしい。もっとも、ほとんどの人が採ってもらえなければ傷心はないのだが、自分一人が一句も採られないときはやや落ちこむ。それでも稀に採ってもらえたならば、喜びは一入であろう。

選者によっては添削して採る場合もあるが、かならずしも有効だとはいえない。まずは、採られなかったということで、何がいけなかったかを作者が考えるよい機会だと覚えておこう。これこそがその人の句を進歩させる。だから、採らないというのは親切なのである。

また、自分が採らず、選者の選に入った句については、どうしてなのかを考えてみよう。おそらく選者の句評で感じるだろうが、そこにある差を受け止めよう。

常にあるレベルを保って俳句を詠むのは大変に難しい。昨日よい句ができても、今日はまるっきり駄目ということもしょっちゅうである。挫けず、驕らず、謙虚な気持ちで俳句に対する心がけが大切である。

中村草田男の「降る雪や明治は遠くなりにけり」の句は昭和6年の句会に出されたが、師の高浜虚子は句会では選び採らなかった。しかし、帰りのエレベーターで一緒になった草田男に「あの句は矢張り採って置こう」と言ったという。また「二十五日仙台に着く　みちはるかなる伊予のわが家をおもへば」の前書きがある芝不器男の「あなたなる夜雨の葛のあなたかな」について、虚子の「この句は作者が仙台にはるばるついて、その道途を顧み、あなたなる、まず白河あたりだろうか、そこで眺めた夜雨の中の葛を心に浮かべ、さらにそのあなたに故国伊予を思ふ、あたかも絵巻物風の表現をとったのである」という評が名鑑賞として知られている。

潔さと独りよがりの違い

俳句を作るときに、自分の発見や心情に夢中になってしまい、つい読み手がいるのを忘れてしまう場合がある。なかなかうまく詠えたと満足して句会に臨むも、選んでもらえず、不満を感じたりする。

なぜこんなことが起こるのだろう。それは読み手に作者の思いが伝わっていないからだ。独りよがりのままでは、名句とはならない。これは見えない読者を胸に描いていないから起こるのである。まずは、読者は老若男女幅広いことを心に留めよう。

しかしながら読者をどう捉えるかについては、瞬間的に判断しなければならないから厄介だ。自分の世界だけでなく、自分の外側にある、ほかの人が持っている世界との共感が持てるものにしなければならないからだ。かといって読み手を意識した句が、共感を得られるかどうかはわからない。また、万人に受けるのがよい俳句だとも言えない。

俳句を作るときに一番大事なのが潔さである。しかしできたと思った瞬間に、少しだけ自分から距離を置いてみることは肝要だ。それは作者の独りよがりに気がつかない場合が多いからである。とはいえ、この独りよがりを自分で見つけるのは難しい。

目安としては、この句は何人かには受け入れられるかな、と考えることだ。この際に、全員に受けることを目指してはいけない。なぜなら万人向けの句は、うまいのではなく個性がないのである。そういう意味では、たまには独りよがりもよい。採られるかどうかを気にして作るよりも、自らの個性や味わいを重視してみるという意味での独りよがりはよいのだ。ただここには立場の差がある。選者の場合は違ってくる。

また独りよがりが個性の場合もある。これは癖と個性の差に似ている。よくないものは癖で、それで成り立つようになれば個性として尊重されてさらに伸びる場合もある。

しかし、個人的な内容に偏るのはよくない。これは普遍性を持たないからである。表現したいことが素晴らしくても、うまく表現しなければ文学としての俳句ではない。潔いというのはある意味では開き直りであり、それによって違う世界が開ける場合がある。そういう意味では独りよがりは怖がることではない。

俳句には省略が欠かせないし、何かを断ち切る潔さが必要なのではあるが、ほどよく行わなければならない。省略が過ぎると大体は独りよがりになり、訳のわからないことになる。とはいえ、すべては結果論。通常は最後まで粘り強く推敲すべきではある。ここのところを勘違いしてはいけない。

選に入らないとき、それをどう捉えるかは作者である。採ってもらえない、またはよくない点を指摘されると、自分の人となりや人生を否定されたと感じる人がまれにいるが、そういう姿勢は残念だ。句会は無記名でやっているので認められないのならしようがない。そのなかで自分を見つめ直してみると、案外、自分だけが喜ぶ句を作っているのに気づくだろう。まずは、採ってもらえなかったからといってすぐに捨ててしまわず、どこに欠点があるかを知り、言葉を変えてみるなどして見直すべきだ。これは単に季題を替えるとか、テクニックを使うという意味ではない。なぜ伝わらないのかを考え、読み手を意識する姿勢を持ちたいものだ。また、信頼している人に見てもらうのも大切だ。自分だけでは気づかない点を伝えてくれるであろう。

句会での選に一喜一憂することなく、冷静に自分の作品を見つめ、選者の言葉に耳を傾け、また選句に際しても、謙虚に、相手のよさを見つける姿勢が大切だ。句会は、みんなが楽しんで作り上げるものであるし、そこに自らの進歩も生まれるはずだ。

「採られないからこそ成長する」と腹を据え、句作に臨みたい。

第六章　俳句力

俳句力とは

俳句力とは、俳句自体が持っている力。表現力ではなく、俳句自体が持っているパワーのことで、それは俳句そのものから得られるのだ。俳句そのものの良し悪しとは関係ない。俳句をやることで、その人の生命力にも繋がるくらいの楽しさがあり、ふだん眠っているような感性が蘇ることがある。だから俳句は本当にありがたい。

この言葉の力は、いい俳句といったものを指しているのではなくて、俳句に携わっているというだけで生まれてくる何かである。俳句を作ろうとしているだけで他の何かを生む俳句の力だ。肉体的、頭脳的なものがあり、普段触れないものに触れられる力がついてくる。なかには力にならないものもあるが、継続していくと見えない力が出てくる。

またこれは、俳句の持っている短さの力でもある。俳句はその場に立ち止まらないとできない。季題を与えられ、そこで対象に時間を与えるのだ。そこに愛情のようなものが生まれる。その対象からも愛情が与えられる。つまり自然から愛がもらえるのである。短さゆえ、そのなかで表したいポエジーを言い切らなければならないので集中する。そこが、俳句が他の文芸と違うところだ。五・七・五と季題で伝えなくてはならない。伝わらなければもっとパワーを入れなくてはならない。それが俳句力の永遠性だろう。伝わらないときは伝える方法を考える。簡単に伝わるよりも、伝わらないから工夫するところもまたよい。さらに上達したくなるのもまた俳句力だといえよう。

力をつけようとして俳句を作っているわけではないが、自然とその向き合う気持ちが力になっている。だから始めたばかりのうちは、親近感を持って俳句と接するのがいいのだろう。愛情をもって言葉と接していると俳句力が育っていくし、生まれていく。

この力は恋愛力と言ってもいいだろう。その気持ちがうまくいくかどうかだが、俳句に携わっていると出てくる。さらにすごいのは、五十年やってもまだ気持ちが冷めないどころか、もっとやりたくなることだ。飽きてしまうことがあったとしても、それを超えればよいだけだし、超えたときはさらなる飛躍に繋がるだろう。もっともそう簡単に飽きるようなことはないのだが。ほとんどの場合、うまくいかなくて止めようとか、自分には才能がなくて俳句に向いていないなどという思いを持つだけだ。だから向上心があれば、少しずつでもうまくなる。

俳句力とは、暑い日も、寒い日も、疲れている日も、集まった人たちから自然に句会をやろうとする力だ。他のことならば、たとえば雨が降ったら出かけるのをやめようなどとなるが、俳句の場合は「雪が降ったから雪の句を詠もう。雪が降ってよかった」と楽しみに変わる。だから俳句をやっているだけで生活が豊かになる。

これは俳句を作るためだけでなく、生活が、少し大げさに言えば、人生そのものが豊かになる。そしてこの俳句というジャンルそのものが持っている力に、生きることを自然に育む強さがあるのだろうと信じている。普段歩いている道やよく行く町の変化に敏感になるし、とりわけ季節を楽しめるようになる。どこを見ても季題にあふれていることに気づき、詩の世界に自分がいるのを発見する。

俳句力をどうしたら身につけられるかといえば、俳句をやっているというだけで、もうついているのである。身につけるためのノウハウはないが、続けていればその力も高まっていく。

ちょっといい句ができたら人に見せたくなるが、これもまた俳句力だ。いい写真が撮れたら見せたくなるが、俳句は文字だけなのにそうなる。特別な道具は不要だし、いつでもどこでもできる。写真だと見せたいそのものが、作者の意図のままに相手に示せるが、俳句は作者と読者の間に空間ができる。そこが難しくまた楽しいのである。こちらの思いを感じてもらえるかどうか、その期待と焦燥を含めた空間こそが俳句の醍醐味でもあるのだ。

自分の句を磨いていきたいと願えば、探究心も生まれる。常に新しいものを求める。しかしそういう心がけ自体がすでに俳句力を持っているということである。

師と出会えれば、また豊かになる。

句会に出れば、楽しく、悩み、さらに豊かになる。

集中して俳句を作り、自分をそこに出して、句会で人と出会い、その人の句とも出会い、一喜一憂する世界がたった十七音のなかにある。

不思議な俳句力ではあるが、この本を読んでいるみなさんはすでに俳句力を持っているのである。気づかぬうちに育まれている俳句力が、さらにそれぞれの個人を豊かにし、豊かになった人の作る句もまた磨かれていくのだ。

高浜虚子は著書『俳句への道』において、「『俳句は極楽の文学』とは、どんな生活に、又病気に苦しんでいても、俳句を作り、花鳥に心を寄せることで、一時的にも心が救われ、生きる勇気が出るということである。極楽の文学は、あくまで地獄の裏づけあってのもので、地獄を背景としてある」と述べている。

第七章

鬼の高士の添削道場

添削道場　季題編

◆適切な季題を

黒猫よお前もひとり月の夜

できているとは思いますが、「月の夜」で全体がつまらなくなったように思います。これを「月明り」とすれば映像がくっきりと浮かんできます。

黒猫よお前もひとり月明り

◆「今年」は新年の季題

だらだらと今年も雨の生姜市

「今年」は新年の季題ですから、こういう風に使うのはどうも気になります。別の言葉で同じことが言えればいいですね。

だらだらとまたもや雨の生姜市

◆季題は大切に

強きもの弱きもの皆さくら色

作者は「さくら色」を季題としてこの句を作りましたが、いくら「花一切」でもさくら色が季題になるかといえば、ちょっと無理でしょう。

強きもの弱きもの皆さくら散る

◆季題の説明は避けよう

散りたくも散れぬ茶房の水中花

水中花は散らないに決まっていますが、そこに散りそうにしている感じを捉えたんだと思います。しかし散りたくても散れないというと水中花の説明になってしまっています。

散りさうにしてる茶房の水中花

◆季題の斡旋に一工夫を

日本に帰つてみれば五月闇

面白い句ですが、季題を変えると、日本に帰って来る前との温度差が出てくると思います。

日本に帰つてみれば五月雨る〻

添削道場　切字編

◆**切字「や」の使い方**

　人日や見なれぬ鳥が庭先に

上五を「や」で切りました。しかし最後の「庭先に」の「に」でまた最初に戻ってしまうような感じがしますね。ここは名詞で止めれば「や」が効いてきます。

　人日や見なれぬ鳥が庭の先

◆**切字「や」も使えばいいとは限らない**

　古池や氷滑りの児らの声

芭蕉ばりに「古池や」と切りましたが、全体としては一物仕立てなので、ここで切ることもないですね。芭蕉じゃなく場所を強調して「古池に」としたほうがいいでしょう。

　古池に氷滑りの児らの声

◆「かな」を使うことの是非

対岸に樹の影届く四温晴

「樹の影届く」と言いながら「四温晴」と言ってしまうと、影が消えてしまうような感じがします。だから「晴」は取って「かな」にしたらどうですか。

対岸に樹の影届く四温かな

記念日にフランス料理四温かな

内容はうらやましい話なんですが、中七の「フランス料理」で切れて、また最後の「かな」で強く切れて、〈切れ〉が重なりますね。この句は下五を「四温晴」としましょう。

記念日にフランス料理四温晴

◆下五の「や」

丹後へと向ふ旅路の秋風や

最後の「や」が苦し紛れにつけたようで感心しません。下五の「や」は大体失敗です。

丹後へと向ふ旅路や秋の風

添削道場　時間編

◆俳句は「今」を詠むもの

天井に懐かしき音嫁が君

これは席題「天」で作ったのでしょうが、「懐かしき」が弱い。過去の回想に行くのは後ろ向きですね。こうすれば今が出ます。

天井に音新しき嫁が君

双六や昭和たしかに遠くなり

「降る雪や明治は遠くなりにけり」（中村草田男）みたいですね。後ろ向きに回想せずに、その時にしか詠えない句にしてはどうですか。

双六や平成たしか二十年

◆現在なのか過去なのか

雨の日の幼き日々の匂ふ蚊帳

上手くできていると思います。ただ、匂っているのは現在なのでよいのですが、「幼き日々」という言葉が過去のことを言っているので、「幼きままに」として、現在に戻しましょう。

雨の日の幼きままに匂ふ蚊帳

雨催ひ匂ひ残して五月闇

「雨催ひ」という現在、「残して」という過去が気になります。「そのまま」とすれば、どちらも現在のことになりますね。

雨催ひ匂ひそのまま五月闇

夕間暮れ少し薄れて四温の日

「四温の日」は皆さんよくやりますが、これは一日であり、「夕間暮れ」は夕方の一瞬ですね。矛盾します。だから「日」はやめて「四温」が薄れゆくことにしましょう。

夕間暮れ少し薄るる四温かな

添削道場　表現編

◆適切な表現を

数の子の色より愛でて口中へ

数の子の色を愛でてから口に運ぶという動作がよく出ている面白い句だと思います。ただ「色より愛でて」は、「色愛でてより」にすると口に運ぶ速度も出ます。

数の子の色愛でてより口中へ

いさかひは父がなだめて絵双六

いい句ですが、「なだめて」よりも「おさめて」にすれば、父の威厳も出るし、「国を治める」にも繋がり、「絵双六」に繋がってくるように思います。

いさかひは父がおさめて絵双六

◆よりふさわしい言葉の選択を

生も死もしづめ高野の五月闇

できた句ですが、「しづめ」という言葉が少しあいまいなので、「超えて」にしましょう。高野山の五月闇の広がりが見えてきますね。

生も死も超えて高野の五月闇

◆大袈裟な表現、オーバーな表現

森閑と消え行く世界独楽眠る

独楽は、軸は回っていながら他の動きがなく、止まっているように見えることがありますね。そのことを言っている句ですが、「世界」とまでするのはどうでしょうか。

森閑と消え行くままに独楽眠る

◆具体的にわかりやすく

初凪ややや遅れたる待ち合はせ

「や」が三つ続くのはどうでしょうか。「初凪」と待ち合わせに遅れることとの関係がわかりにくいですね。

初凪を見て遅れたる待ち合はせ

添削道場　類句類想と即きすぎ編

◆類句類想、常套的な言葉

暖かや日本橋から銀座まで

「日本橋から銀座まで」というのは目新しくもないし、よくありますね。特に行先はいらないでしょう。

暖かや日本橋から歩き出す

日曜の朝にショパンの暖かさ

ショパンは大体「日曜」なんですね、当たり前すぎます。「月曜」にしてみましょう。俄然面白くなりますよ。

月曜の朝にショパンの暖かさ

◆常套的表現は避けよう

江ノ電の音遠ざかる蚊帳の中

江ノ電の音が遠ざかるというフレーズは、もう言い古されていますが、「蚊帳」という季題で救われていますね。ここでは「音の近づく」として臨場感を出しましょう。

江ノ電の音の近づく蚊帳の中

◆即きすぎ

オペラはね軽くパスタは菠薐草

「オペラ」と「パスタ」ベタベタに即きすぎですね。オペラはやめて「芝居」にします。それと「パスタは」の「は」はないですね。「パスタや」と中七で切りましょう。

芝居はね軽くパスタや菠薐草

◆即きすぎではあるが

谷中には生姜育てる寺多し

「谷中」に「生姜」に「寺」、これほど即きすぎの俳句も珍しい。順序を変えましょう。

寺多し生姜育てる谷中かな

この句の見せ場「谷中」を最後に持ってきて「かな」でまとめたわけです。

添削道場　推敲編

◆推敲の大切さ

薬効を信じたき時生姜市

こういう氣持ちはわかりますが、「時」でいいかどうか。時よりも「齢《とし》」の方が面白いのではないかと思います。できたと思っても推敲してみてください。

薬効を信じたき齢生姜市

◆上五と下五を入れ替えてみよう

五月闇門より続く砂利の道

できた句ですが、上五と下五を入れ替えたほうがよくなると思います。これは倒置法といって、俳句を作ったら必ずやってみてください。よりよくなる場合があります。

砂利道の門より続く五月闇

◆中七の字余り

生姜市折からめ組の雨となり

「め組」と「恵みの雨」を掛けたところは上手いのですが、中七の字余りが気になりますね。順序を入れ替え切字「や」も使ってみましょう。

折からのめ組の雨や生姜市

鯨好き数学嫌ひと言ふ娘かな

これも「数」で作りましたが、いつも言うように中七が八音でリズムが悪いですね。

鯨好き数字嫌ひと言ふ娘かな

◆主語はどっちか

喧騒の街に鎮まる生姜市

できていますが、生姜市が鎮まったように感じます。鎮まるのは喧騒の街であって、鎮めるのは生姜市としたいですね。

喧騒の街を鎮めて生姜市

添削道場　表記編

◆ルビをふった方がよいことも

水仙の葉先葉先にある気風

この句の「気風」という言葉はどうでしょうか。水仙の葉先にはなじみませんね。句会でそこまで言ったとき、「最初は『きっぷ』とルビをふっていたんですが」と、作者から声がありました。それならいいですし、勢いも出ます。ほとんどの人は「きふう」と読んでしまいますし、気風《きふう》と気風《きっぷ》では受ける感じが全然違います。こういうときはおおいにルビをふってください。

水仙の葉先葉先にある気風《きっぷ》

これはいい句です。

◆文字遣いにも一工夫を

水中花コップ一杯夢一杯

可愛らしい俳句ですが、「夢一杯」の「一杯」は、ひらがなのほうがよいですね。

水中花コップ一杯夢いっぱい

◆全部漢字の俳句

父頭母尻尾好き焼秋刀魚

上手いなと思いましたが、ここまでやるなら全部漢字にしてはどうでしょう。

父頭母親尻尾焼秋刀魚

◆同じ言葉、同じ漢字の良し悪し

掃く庭は一坪半や庭たたき

「庭」が二度出てくるのはねらいでしょうが、これは一度でいいでしょう。

掃いてゐる一坪半や庭たたき

同じ言葉を重ねて効いてくる場合と、無駄な場合がありますから、よく考えてください。

添削道場 作者編

◆自分を出すこと

浅春や富士見ゆる時風強し

「浅春」「富士見ゆる」「風強し」といかにも俳句らしい俳句です。しかし「富士見ゆる時」を「富士見る時の」に変えるとよくなります。

浅春や富士見る時の風強し

こうすると人が見えてきます。「見ゆる時」では全員の姿がぼんやり見えますが、こうすればふと見上げた作者の顔がくっきり見えてきますね。このほうがいい。

肩書きのなき女にも花吹雪

ちょっと面白い句だと思いましたが、問題は「にも」ですね。この女（作者自身でもいい）をもっと浮き上がらせたほうがよいのではないですか。

肩書きのなき女ゐて花吹雪

◆自分を消すほうがよいことも

あたゝかや笑ひ上戸の君とゐて

できている句ですが、もうひとつ抜けていない。「君とゐて」よりは「君がゐる」と自分を消したほうがいいですね。

あたゝかや笑ひ上戸の君がゐる

◆作者の位置を鮮明に

釣堀の水をしづめて夕長し

上手い句ですが、作者がどこにいるのかよくわかりません。「水を見てゐて」にして、作者の居場所をはっきりさせましょう。

釣堀の水を見てゐて夕長し

◎著者紹介

星野高士（ほしの たかし）

昭和27（1952）年8月17日、神奈川県鎌倉市生まれ。十代より祖母・星野立子に師事して作句、笹子会に拠る。59年、立子逝去後、「玉藻」を後継した母・椿を補佐し、同年3月より副主宰兼編集長。平成26年6月、主宰就任。句集に『破魔矢』（昭和60年、牧羊社）、『谷戸』（平成9年、角川書店）、『無尽蔵』（平成18年、角川書店）、『顔』（平成22年、角川学芸出版）、『残響』（平成26年、深夜叢書社）。ほかに『美・色・香』（平成9年、飯塚書店）、『星野立子』（平成10年、蝸牛社）。

「ホトトギス」同人。鎌倉虚子立子記念館館長。日本文藝家協会会員。日本伝統俳句協会会員。俳句ユネスコ無形文化遺産登録推進協議会理事。国際俳句交流協会理事。

装画　中島 新（信也）

GAKUGEI MIRAISHA

俳句真髄
—鬼の高士の俳句指南

2018年2月1日　初版発行

著　者　星野高士
発行者　小島直人

発行所　株式会社 学芸みらい社
〒162-0833 東京都新宿区箪笥町31 箪笥町SKビル3F
電話番号 03-5227-1266
http://www.gakugeimirai.jp/
E-mail：info@gakugeimirai.jp

印刷所・製本所　藤原印刷株式会社
ブックデザイン　吉久隆志

落丁・乱丁本は弊社宛にお送りください。送料弊社負担でお取り替えいたします。

ISBN978-4-908637-54-4 C0092

例句に使わせていただきました俳句の作者で、ご連絡が取れない方がいらっしゃいました。
お気づきの場合は編集部までお知らせください。